明
室
Lucida

照 亮 阅 读 的 人

拉纳克
LANARK
Alasdair Gray
II
四卷书里的一生
A Life in Four Books

[英] 阿拉斯代尔 · 格雷 著 唐江 译

目 录

第一卷

第12章	战争开始了	003
第13章	安置所	017
第14章	鲁阿山	027
第15章	正常	042
第16章	地下世界	057
第17章	答案	075
第18章	大自然	091
第19章	索太太消失了	112
第20章	用人单位	133

幕间剧 157

用来提醒我们险些遗忘的事：
索的故事被拉纳克的故事包括在内

第12章　战争开始了

邓肯·索沿着一张纸的顶端画出一条蓝色的线，沿着底端画出一条棕色的线。他画出一个巨人，巨人带着他俘获的公主，沿着棕色的线奔跑着。因为他不能把公主画得足够可爱，他就让巨人提着一个大口袋。公主在口袋里面。他父亲越过他的肩膀看了看，然后说："你画的是什么？"

索不安地说："一个磨坊主背着一袋玉米，往磨坊跑去。"

"那条蓝色的线代表什么？"

"天空。"

"你是说天际线？"

索沉默地盯着自己的画。

"天际线是天空和地面交接处的线。它是天际线吗？"

"它是天空。"

"可天空不是一条直线，邓肯！"

"如果你从侧面看，它就是的。"

索先生拿来一个高尔夫球和一盏台灯，解释说地球就好比是高尔夫球，太阳就好比是台灯。索感到厌烦和困惑。他说："人们会从侧面掉下去吗？"

"不会。他们被引力留住了。"

"什么是以……以力？"

"**引力**就是把我们留在地面上的力。要是没有引力，我们就飞上天了。"

"就是说，我们可以摸到天空？"

"不。不。天空就是我们上面的空间。要是没有引力，我们就会永远往上飞去。"

"那我们不会来到……另一面的某个东西上？"

"**没有**另一面，邓肯。根本没有。"

索伏在自己的画上，用一根蓝色的蜡笔沿着代表天空的那条线用力画着。那天夜里，他梦到自己穿过空空的空气，飞了上去，最后摸到了一片平整、蓝色厚纸板般的天空。他头顶天空，停在那里，就像气球顶在天花板上似的，直到这个念头让他担心起来：另一面是什么样呢？然后他戳破一个洞，从洞里穿过更多空空的空气，升了上去，直到他开始害怕自己将永远向上飘升。然后他来到另一层硬纸板般的天空，停靠在那儿，直到他担心起另一面的样子为止。梦境就这样一直延续着。

索住在一栋市政廉租公寓的中间楼层，楼身正面是红色砂岩，背面用砖砌就。廉租公寓背面围起一片长满草的区域，带长钉的栏杆将这片区域分割成几块绿地，每块绿地上都有一堆垃圾。从布莱克希尔[1]那边过来的翻垃圾团伙穿过运河窃取垃圾。索听说布莱克希尔人是头发里有野兽的天主教徒。有一天，两个男人带着一台机器来到后院绿地，机器喷出蓝色的火焰和带火星的烟雾。他们用火焰切断了栏杆上的长钉，把它们装进包里带走，用作战备物资了。楼下的吉尔克里斯特太太生气地说："现在就连最小的布莱克希尔小孩也能来翻我们的垃圾堆了。"另一帮工人在后面的绿地上建防空洞，他们还在学校操场上建了个很大的，要是索在上学途中听到空袭警报，他必须往距离最近的防空洞跑。一天早晨，他走陡峭的后巷去上学，听到蓝天响起了警报声。他已经快到学校了，但他还是转身往家跑，他的母亲在屋后绿地的防空洞里等着他，身边是邻居们。夜里，深绿色的百叶窗都拉了下来。然后索先生戴上袖箍和钢帽，上街寻找违规漏出灯光的人家。

有人告诉索太太，她家公寓之前的住户把脑袋伸进烤箱，打开煤气自杀了。她马上给市政当局写信，要求把她家的煤气炉更换成电炉，不过因为索先生下班回来还要吃饭，她就给他烤了一个肉馅土豆泥饼，

---

[1] 布莱克希尔（Blackhill），格拉斯哥的一个区域。

但她的嘴唇闭得比平时更紧。

她儿子总是拒绝肉馅土豆泥饼,或者任何外表让他感到恶心的食物:海绵状的白色牛肚、柔软的阳物般的香肠、有瓣膜和小动脉的填塞羊心。要是把这样的东西端给他,他会颇为怀疑地用叉子戳一戳,然后说:"我不想吃。"

"为什么?"

"它看起来怪怪的。"

"可你还没尝尝看呢!就尝一小点。就当是为了我。"

"不。"

"中国孩子还在挨饿,吃不到这样的食物呢。"

"那就寄给他们吧。"

经过更多讨论之后,他母亲会高声说:"你要是不全吃光,就不许离开桌子。"或者:"等我回头告诉你爸,我亲爱的。"然后他就会把一点吃的填进嘴里,不尝味道就咽下去,然后再把它吐回盘子里。之后他就会被关进后面的卧室。有时,他母亲会到门口问他:"就吃一小点好吗?就当是为了我。"然后索就会难过地大喊:"不要!"他来到窗前,俯瞰着屋后绿地。他能看到朋友们在那儿玩耍,或者有人在偷翻垃圾堆,或者邻居们在晾晒衣服,他感到自己既孤单又伟大,幻想着自己打开窗跳出去。想象着自己的尸体砸落到他们中间的地面上,他感到悲喜交加。最后,他会带着恐惧,听到父亲搬着自行车,咚咚咚地上楼。通常索会跑出去见他。这时他听到母亲打开门，两人嘀嘀咕咕地密谋一番，然后脚步声来到卧室，他母亲小声说："别打得太狠。"

索先生会板着脸走进屋，说："邓肯！你又在你妈面前表现不好了。她费钱费力做出来的美味晚餐，你不肯吃。你不为自己羞愧吗？"

索会低下头。

"我要你向她道歉。"

"我不懂'道歉'是什么意思。"

"告诉她你很抱歉，以后给你什么就吃什么。"

这时索会大吼："不，我不要！"然后挨上一顿痛揍。挨揍时他会放声大叫，之后他会跺着脚，大叫着，撕扯自己的头发，用头撞墙，直到父母感到害怕，索先生大喊："住手！不然我揍掉你的下巴！"

然后索就会一边用拳头打自己的脸，一边叫道："就像这样就像这样就像这样？"

要是维持原有的惩罚，就很难让他安静下来。有一天，他们听从了邻居的建议，把愤怒踢打着的男孩脱光，在浴缸里放满凉水，把他丢了进去。突如其来的刺骨寒意摧毁了他所有的抗议，后来又有几次，这一处置同样取得了成功。瑟瑟发抖的索会被带到客厅的炉火跟前，被柔软的毛巾擦干身体，然后跟布娃娃一起被安顿上床。睡觉前，母亲把他的被子塞好，他目瞪口呆、面无表情地躺着。有时候，他想不给母亲晚安吻了，却始终没能做到。

当他因为不吃某种食物遭到惩罚之后,母亲就不会再给他那种食物了,而是给他一个水煮蛋。不过听说以前的住户用烤箱自杀以后,那天晚上,他若有所思地盯着被端上餐桌的肉馅土豆泥饼看。最后他指了指,说:"我能来点吗?"

索太太看了看丈夫,然后拿起她的勺子,在索的盘子上嘭地扣下一大勺。他盯着烂糊的土豆和拌进里面的胡萝卜、卷心菜以及碎肉粒,琢磨着人的大脑是否就是这副样子。他有些害怕地填进嘴里一些,用舌头搅拌了一番。味道还不错,于是他把盘子里的吃掉,又要了一些。吃完饭之后,他母亲说:"看吧。你喜欢吃。你之前毫无理由地大吵大闹,不觉得羞愧吗?"

"我可以下楼,去屋后绿地吗?"

"行,不过我一叫你,你就回来,时候不早了。"

他匆匆穿过门厅,砰地关上身后的门,往楼下跑去,胃里食物的重量让他感到兴奋和充满活力。在温暖的夕阳下,他把前额贴在草地上,翻着跟头从绿地斜坡向下滚去,直到他晕乎乎地平躺在地为止,廉租公寓和蓝天绕着他的脑袋转啊转的。他从酸模和雏菊的草叶间望向那堆垃圾,那儿有个砌了三面的砖棚,是放垃圾箱的地方。模糊不清的话语声透过草叶传进他的耳朵,还有钢头靴子在铁栏杆上发出的摩擦声、垃圾桶被推倒的隆隆声。他坐直了身体。

两个比他稍大一点的男孩弯着腰，伏在垃圾桶上，往外扔破旧的衣服、空瓶子、一些婴儿车的轮子和一个门垫，同时有个十岁或十一岁的大男孩把它们装进一只口袋。一个小点的男孩找出一顶帽子，上面有根鸟羽。他模仿着傲气的女人爱招摇的样子，把它戴在头上，说："你瞧我，鲍勃，我不是大人物吗？"

大男孩说："打住。你想让那个老太太过来抓我们吗。"

他把口袋扔过栏杆，让它落进另一块绿地里，他们三个也从栏杆上翻了过去。索从栏杆中间挤过去，然后又在草地上趴了下来。他听到他们窃窃私语了一番，那个大男孩说："不用理他。"

他意识到，自己让他们感到害怕了，于是更加大胆地跟着他们来到下一片绿地，只是跟他们保持着一段距离。大男孩转过身来说："你这小子，想干吗？"他有点吃惊。

索说："我想跟你们一起。"

索头皮发紧，心怦怦直跳，但那孩子肯定没吃过自己吃过的东西。戴帽子的男孩说："揍他，鲍勃！"

鲍勃说："你为什么想跟我们一起？"

"因为。"

"因为什么？"

"没什么。只是因为。"

"如果你跟我们一起，就得搬东西。你收集书好吗？"

"好。"

"那就好。"

然后,所有杂志和登着连环画的报纸都由索来收拾,他很快学会了分辨哪些值得从垃圾里拣出来。他们走遍了这个街区的每一片屋后绿地,弄得每块绿地上都散落着一些垃圾,走到最后一片绿地的时候,他们遭到一个女人的追赶,她追过巷子,上气不接下气地喊着要报警。

一个十二岁的女孩在外面的街上等着,手里握着一只三轮婴儿车的把手。她指着索说:"这个是你们从哪儿捡来的?"

鲍勃说:"别理他。"他把袋子里的东西倒在婴儿车上,婴儿车上已经装满了垃圾。两个小一些的男孩给自己套上系在前车轴上的绳套,鲍勃和女孩在后面推着,索在旁边跑着,他们很快从街上跑过。他们经过一些种着女贞树篱的半独立式别墅,在白杨树后面嗡嗡作响的一家小发电厂,种满绿玫瑰般的莴苣的小块菜地,还有在夕阳下闪闪发光的玻璃温室。他们穿过生锈栅栏上的一道门,爬上一段蓝色细煤渣铺成的小路,从大片荨麻中走过。空气中弥漫着蔬菜的臭味,小一些的男孩呻吟着,努力拉车,一声闷雷般的响声让他们脚下的地面震颤起来,来到坡顶,他们抵达了一道深沟的边缘。深沟一端关着一道用巨大烂木头做成的两截门。一片有光泽的弧形水瀑从大门顶端漫过,撞向沟底，然后沿着深沟奔涌流过，穿过另一端开启的闸门，流入一个小湖，小湖边缘长着芦苇，铺满百合花的叶子。索知道，这肯定就是运河，一处危险的禁地，曾有孩子在这里溺水身亡。他跟着同伴穿过一栋栋建筑，往山上走去，只见河水漫过岩架，沿着裂缝细细流淌，或者停留在长满灯芯草、一半已成死水的池塘里，天鹅们在池塘中央的清澈区域划着水。他们在一道很高的瀑布投下的阴影里，走过一座木板桥，瀑布的响声简直震耳欲聋。他们穿过岩石嶙峋的地面，然后又穿过一座桥，听到远处传来一阵模糊不清的军号声，是有人在滑稽地模仿冲锋号。

"是皮利·沃利。"鲍勃说。

他们快速走过一段煤渣路，穿过一扇门，来到一条街上。

索觉得这里就像外国的街道。这里的廉租公寓正面不是红色的石料，而是灰色的，楼梯平台那儿的窗户有的玻璃破了，有的玻璃没了，有的甚至连窗框都没了，只剩一些长方形的窟窿，用砖头砌起了一半，免得小孩掉出去。从里德里[1]（索住的地方）取走长钉用于战争的那帮人，移走了这里所有的栏杆，人行道与廉租公寓之间的空间（在里德里那边是整饬的花园）是些平整的空地，还不会走路的小孩子们在那儿用弯

---

[1] 里德里（Riddrie），格拉斯哥东北部的郊区。

曲的勺子刮擦着地面,或是摆弄漂浮在上星期下雨留下的水洼里的木片。在街心,一个面色苍白、没有嘴唇、笑呵呵的青年坐在驴车上,膝头搁着一把军号。驴车上装着一盒盒五颜六色的玩具,可以用旧衣服、瓶子和果酱罐换购,周围已经围上了一群小孩,他们戴着硬纸板做的阔边帽,大声打着呼哨,或者挥舞着色彩鲜艳的旗子和风车。当他注意到鲍勃和婴儿车时,他喊道:"让开!让开!让那个男人过来!"

两人讨价还价时,索和小一些的两个男孩站在驴子周围,欣赏着它脸上的温顺,它额头的坚硬,还有喇叭状耳朵里的白毛。索跟戴帽子的男孩争论起了驴子的年龄。

"我跟你赌一镑,它反正比你大。"男孩说。

"我跟你赌一镑,它没我大。"

"你为什么觉得它没你大?"

"你为什么觉得它比我大?"

"皮利!"男孩喊道,"你的驴几岁了?"

"一百岁了!"皮利喊道。

"听到了吧——我说对了!"男孩说,"现在你得给我一镑。"他伸出手来,说:"快点。给钱!"

听到这场争执经过的孩子们窃窃私语着,咯咯地笑了起来,有些向站在远处的朋友们招手,让他们过来。索害怕地说:"我没有一镑。"

"可你答应过的!他没答应过吗?"

"有，他答应过，"几个声音说，"他赌了一镑。"

"他必须给钱。"

"我不信这头驴有一百岁。"索说。

"你觉得自己聪明得很，是吗？"一个瘦瘦的女孩用恶毒又讽刺的口吻喊道，"哦，妈咪，妈咪，我是个非常聪明的小男孩。"

"为什么聪明的小男孩不相信这头驴有一百岁了？"

"因为我在一本'百科全书'上看到过。"索说。尽管他还看不懂书，但有一次在没人教的情况下，他说出了"百科全书"这个词，让父母颇为高兴，而且这个词对他来说有着特殊的意义。为了圆谎，他把这个词一说出来，就产生了效果。人群外围的某个人跳起来，在头顶拍着巴掌喊道："哦，好大的词！好大的词！"一伙人爆发出嘲讽的大笑。他们挥舞着旗子，吹着口哨，在吓得一动不动的索周围大喊大叫，跺着脚，最后索颤抖着嘴唇，一滴泪水从他左眼流了出来。

"看！"他们喊。"他哭了！""爱哭宝宝！爱哭宝宝！""懦弱的软蛋，把鼻子伸进芥末里吧！""里德里的小崽子，把你的尾巴拴好吧！""回家告诉你妈咪去吧！"

愤怒让索红了眼睛，他尖叫道："臭小子！你们这些该死的臭小子！"接着他跑过正在变暗的街道。他听到有人嗒嗒嗒地追来，皮利·沃利笑得就像报晓的公鸡，鲍勃喊道："让他走！别管他！"

他转过街角，跑过一条街，从盯着什么看的大人小孩身边跑过，他们没有留意他，他跑过一个小公园，里面有个池塘，还有水花飞溅的声音，然后他跑过一条有车辙的小巷，跑得慢了一些，因为现在后面没有人跟着了，他的声声啜泣也不那么频繁了。他坐在一大块砖石上，大口呼吸着，直到心跳变得平静下来。

他面前是一片空地，廉租公寓的长长投影从中穿过。各种色彩变成了深浅不一的灰色，巷子口变成了廉租公寓墙壁上的黑色长方形。天空布满蓝灰色的云朵，但一阵阵风在云朵中开辟出一条条通路，透过那些通路，他能看到上方碧绿的暮色。在最宽的通路下面，五只天鹅飞了过去，它们正要飞往运河更低的河段，或者城内公园的水塘。

索开始沿着来路往回走，他抽搭着鼻子，擦掉鼻子上的泪水。在昏暗的小公园里，只有水花泼溅的声音清晰可辨。街上已经黑了。他高兴地看到，街头没有大人小孩，也没有天黑时聚在街角的青少年团伙。黑色路灯杆矗立在两侧的路缘上，彼此隔得很远。廉租公寓的窗口黑魆魆的，就像脸上的洞。他两次看到防空队员穿过前面的某条街道，都是默不作声、戴着头盔的男人，他们检查着拉上百叶窗的窗户，防止违规漏光。一条条黑暗而相似的街道似乎无穷无尽地相互贯通，最后他觉得回家无望，在路缘上坐下，捂着脸大叫起来。他陷入了浑浑噩噩之中，只能感觉到屁股下面坚硬的条石，耳边响起的嘘声让他猛然惊醒。有那么一瞬，听起来就像母亲在对他唱歌，这时他分辨出，那是瀑布的声响。天空放晴了，一轮令人惊讶的月亮升了起来。尽管不是满月，但足以照亮马路对面的运河堤岸、那道大门和煤渣小路。他既高兴又害怕地走向大门，沿着小路向上攀爬，嘘声越来越响，最后变成了河水砸落的轰鸣。几颗颤抖的星星映在下方乌黑的河水中。

下桥时，索似乎听到月亮在对自己咆哮。是警报的声音。它的嗥叫声诡异地越过屋顶来恐吓他这个唯一的生灵。他跑过荨麻中间的小路，穿过大门，经过黑魆魆的菜地。警报声渐渐停息，又过了一小会儿，响起一种沉闷的金属噪声（索以前从未听过这种声音），"咕隆、咕隆、咕隆、咕隆"，乌黑的形体从他上方飞过。后来响起阵阵突如其来的重击声，就像巨大的拳头在捶击着这座城市的金属天花板。光线变宽，又变窄，在屋顶摸来摸去，从两栋廉租公寓之间，他看到地平线上闪着橙色和红色的不规则亮光。好像有黑色的苍蝇在那片亮光里盘旋。过了发电厂，他跑着跑着，一头撞在一个防空队员的肚子上，后者正往另一边跑。"邓肯！"那人喊道。

索被举到空中，身子被摇晃着。

"你去哪儿了？你去哪儿了？你去哪儿了？"男人

胡乱喊着，而索满怀爱意和感激地喊道："爹地！"

索先生把儿子夹在一只胳膊下面，往家跑去。在父亲大步奔行的一次次颠簸之间，索又听到了那种钢铁的噪声。他们登上台阶，钻进巷口，索被放了下来。他们站在黑暗中，气喘吁吁，然后索先生用索几乎辨认不出的无力声音说道："你知不知道，我和你妈有多担心你？"

响起一声尖啸，然后是一声巨响，一团团灰尘袭向索的面颊。

第二天早晨，他透过客厅的窗户，看到对街的人行道上有个坑。那场爆炸把烟囱里的烟灰也震到了客厅地面上，索太太正在把它打扫干净，有时会停下来，跟上门的邻居议论那场突袭。他们都同意，情况还可能更糟，但索颇为不安。他跟偷翻垃圾的孩子进行的冒险，是比不吃晚饭更严重的罪过，所以他以为自己会受到格外严厉的惩罚。那天，在仔细观察过母亲之后——留意她除尘时哼歌的样子，她在干活过程中若有所思的小小停顿，以及他在辨认钟表的课上犯傻之后，她训斥他的那副神态——他确信母亲没有要惩罚他的意思，这让他感到担忧。他是有些怕疼，但他理应挨揍，父母却没有揍他。或许他回的那栋房子不是原来那个家。

第13章　安置所

家里变了。似有若无的紧迫感充斥其间，夜里躺在床上，他能听到准备迎战的谣言和争论。从朋友家屋后绿地回来的路上，他把脑袋卡在栏杆一侧，身子留在另一侧。索先生和索太太给他的耳朵抹上黄油，每人拽着一条腿，把他拉了出来，整个过程中他们一直都在笑。获得自由之后，索扑倒在草地上号啕大哭，但他们一边挠他的胳肢窝，一边唱《别挠了，伙计》，直到他忍不住笑了起来。后来有一天，他们全都从家里出来，来到楼梯平台上，把房门上了锁。他父母抱着妹妹露丝，拎着一些行李，索在肩上用背带背了个纸箱，里面有个防毒面具，他们都从阳光照亮、鸟儿啼啭的后巷来到索的学校。一帮帮嘀嘀咕咕的母亲站在操场上，小孩子待在她们身边。父亲们三五成群地交谈着，说话声更大一些，大一些的孩子心不在焉地玩耍着。

索感到无聊,朝栏杆走去。他确信自己是要去度假,度假意味着海滨。他从操场高台的边缘,眺望着运河、布莱克希尔的廉租公寓、遥远的山丘,山丘中部有处洼地。他往另一边望去,看到一片林立着屋顶和烟囱的宽阔山谷,远处有更多的山丘。这些山丘距离更近,颜色更绿,可以看得那么清楚,沿着山顶和缓的曲线排列的树梢,似乎组成了一道树篱,他还看到了树梢下方的、树干之间的天空。他觉得大海应该就在这些山丘背后,如果他站在那些树中间往下看,就能看到一片灰色的海,波光粼粼。母亲喊他的名字,他溜溜达达地朝她走去,假装没有听到,但还是回来了。她整理了一下防毒面具的背带,它都快越过他的外套衣领,勒着他的脖子侧面了,然后她又拽又拍,让外套对正他的双肩,搞得他的脑袋从一边晃到另一边。他说:"大海就在那后面吗?"

"哪儿的后面?"

"在那些树的后面。"

"谁告诉你的?那是卡斯金山坡。那后面除了农场和农田,没有别的。再后面就是英格兰了。"

对他来说,波光粼粼的灰色大海太过生动形象,让他很难不信。大海的画面跟农场和农田的画面,在他头脑中较量了一番,最后似乎是大海淹没了它们。他指着布莱克希尔后面的山丘问:"大海在那边吗?"

"不,那边是洛蒙德湖和高地。"索太太不再整理他的衣服,用左臂把露丝抱在怀里,直起腰来,望着卡斯金山坡。她若有所思地说:"我还是个孩子的时候,那些树总让我想起天边的商队。"

"什么是商队?"

"阿拉伯半岛的骆驼组成的队伍。"

"什么是队伍?"

突然,一辆辆红色单层巴士驶入操场,除了那些做父亲的,所有人都上了车。索先生和索太太隔着车窗道别,又等了好长时间,巴士才驶出操场,沿着坎伯诺尔德路行驶着。

之后是一段模糊不清、断断续续的时光,夜里,索和抱着露丝的母亲坐在巴士里,快速穿过这个面目模糊的国度。巴士里总是灯光昏暗,窗口遮着蓝黑色油布,免得有人往外瞧。类似的旅程肯定有过好多次,不过后来,他只记得一次延续数月之久的夜间行程,车里满是又饿又累的乘客,不过巴士的行程总是在一些记不清的地方,被莫名其妙的经历打断:用木头搭建的教堂会所,裁缝店上面的一个房间,虫子在石头地面上爬来爬去的厨房。他睡在一张张奇怪的床铺上,总是感到呼吸困难,还会从睡梦中猛然惊醒,尖叫着自己要死了。他的阴囊生了疮,巴士把他们送到皇家医院,那儿的老教授们检查了他的两腿之间,在那里抹了些褐色的药膏,药膏杀得溃疡面很疼,闻起来有股焦油味儿。巴士总是挤满了人,露丝哭号着,母亲疲惫不堪,索百无聊赖,不过有一次,一个醉汉站起来,试图让大家一起唱歌,结果搞得每个人都很尴尬。后来有一天晚上,巴士停了下来,他们一家下了车,见到了他父亲,他把他们带到一艘轮船的甲板上。在暮色里,他们站在烟囱旁边,烟囱散发着令人舒心的热气。天气寒冷,上面是深灰色的阴云,下面是起伏不定的深蓝色大海。一块礁石横陈在轻轻拍打的海浪里,就像一块又长又黑的浮木,礁石一端支着一个铁三脚架,上面擎着一枚黄色灯球。轮船向大海驶去。

他们在一座名为安置所的平房里住了下来,安置所周围是一些低矮混凝土建筑。安置所位于大海和沼泽地之间。兵工厂的工人们在这里过夜,这里有小卖部、电影院和医院,四周拦着高高的铁丝网,夜里大门会上锁。每天早晨,索和露丝坐上轿车,沿着滨海公路去村里的学校上学。学校里有两间教室、一间伙房,村里的一名妇人在伙房里做一些没滋没味的饭菜。一位名叫麦克雷的校长负责教大一些的学生,一位名叫英格拉姆的女士负责教小一些的学生。除了从格拉斯哥疏散过来、寄住在沼泽地带农庄里的孩子,其余学生都是佃农的孩子。

第一天去新学校时,其他男生冲过来,要跟索排在一起出去玩。在操场上,他们围拢上来,问他是哪儿的人,他父亲是做什么的。起初,索如实回答,但到了后来,为了维持他们的兴趣,开始说起谎来。他说自己会说好几门语言，他们让他证明的时候，他只说"wee"是法语里"是"的意思。然后，一伙人当中的多数男生走开了，第二天在操场上，他只剩一两个听众了。为了不让人数继续减少，他提出带他们去安置所看看，然后其他男生三五成群地凑过来，问他们是不是也能去。那天晚上，索没有跟露丝坐车回家，而是迈着沉重的步子，沿着海岸公路带着三四十人往回走，那些男生一路聊天打趣，除了偶尔有人提问，其余时间里都没搭理索。他并不为此感到难过。他想给这些男生留下神秘的印象，让他们觉得他是个拥有神奇力量的不老之人，但他双脚酸痛，已经错过了喝茶的时间，也怕因为带了太多朋友回去，受到责备。他想的没错。安置所的看门人不让别的男生进去。他们走了两英里，为了陪他还错过了喝茶的时间，尽管他又送了他们一小段路，还再三道歉，他们还是非常恼火，那些疏散人员扔起石头来。他跑回安置所，在那儿领到一份冷饭，还挨了批评，说他"招摇"。

第二天早晨，他装作生病了，但不幸的是，哮喘和他双腿之间的疮都好得差不多了，他还是得去上学。学校里没有人跟他说话，课间游戏时间，他老是紧张兮兮地待在操场最安静的角落里。排队回教室的时候，他站在一个名叫库尔特的疏散人员旁边，库尔特推了他的腰一把。索推了回来。库尔特往他腰上打了一拳，索打了回来，库尔特小声说："放学后见。"

索说:"今晚放学后,我得直接回家,我爸说的。"

"行。明天见。"

当天晚上,回到家里,他什么也不肯吃。他说:"我身上疼。"

"你**看起来**可不像病了,"索太太说,"**究竟哪儿疼?**"

"浑身疼。"

"怎么个疼法?"

"我也说不清,不过我明天不去上学了。"

索太太对丈夫说:"你来解决这件事吧。邓肯,这件事我解决不了。"

索先生把儿子带到卧室,说:"邓肯,你有事瞒着我们。"

索哭了起来,说出了事情经过。父亲抱了抱他,然后问:"他块头比你大?"

"是的。"(这不是真话。)

"大很多?"

"不。"索跟良知较量了一番,然后说道。

"你想让我拜托麦克雷先生,告诉其他学生别打你吗?"

"不。"索说,他只是不想去学校。

"我知道你会这么说,邓肯。邓肯,你得打赢这个男孩。如果你开始逃避,你就永远学不会面对生活。我教你怎么打——很简单——你只要用左手护住你的脸……"索先生就这么讲着,直到索满脑子都是自己打败库尔特的画面。那天晚上，他一直在练习打架。他先是跟父亲试招，但真人做对手，没有留出想象空间，于是他在一块垫子上练习，吃完美味的晚餐，他信心十足地上床睡觉了。

次日早晨，他的信心不那么足了，他不声不响地吃完早餐。索太太给他一个告别的吻，说："不用担心。你会把他痛打一顿的。"

车开走时，她鼓励地挥了挥手。

当天早晨，索孤零零地站在操场角落里，惴惴不安地等着库尔特过来，库尔特正在跟朋友踢足球。天上下起雨来，学生们渐渐集中到教学楼一头的遮雨棚下面。索是最后一个进去的。在极端恐惧中，他向库尔特走去，冲他伸出舌头，一拳打在他的肩膀上。他们马上笨手笨脚地打了起来，就像小男孩通常打架那样，胳膊乱挥，喜欢踢对方的脚腕，然后他们扭打在一起，摔倒在地。索在下面，但他用额头撞扁了库尔特的鼻子，结果流出来的鼻血在两人身上都沾了不少，他们俩都以为是自己流血了，并且伤势严重，于是大惊失色地翻滚着分开，站了起来。之后，尽管有伙伴给他们加油（索惊讶地发现，也有一帮伙伴给自己叫好），但他们满足于站在那里彼此对骂，直到英格拉姆小姐过来，把他们带到校长那里。麦克雷先生身材粗短、肤色像猪。他说："好了。这一切是怎么发生的？"

索马上开始交代，咽唾沫和口吃不时打断他的解释，当他发现自己哭起来的时候，才停住不说了。库尔特什么也没说。麦克雷先生从办公桌里取出一根皮鞭，说："把你们的手伸出来。"

两人都伸出手来，落在手上的鞭打痛得要命。麦克雷先生说："又打架！""又打架！""又打架！"然后他说："要是我再听说你们俩打架，你们还会受到这样的惩罚，只不过会更重，重很多。回你们班去吧。"

两人都低着头掩饰自己龇牙咧嘴的模样，去了隔壁教室，舔着受伤的手。当天上午余下的时间里，英格拉姆小姐没再让他们做任何事。

打完架之后，索觉得游戏时间无聊多于可怕。他会跟一个名叫麦克拉斯基的男生一起站在冷清的操场角落里，后者不跟别的男生玩，因为他是弱智。索会讲一些老长的故事，自己是故事里的主人公，麦克拉斯基帮他把能演的段落演出来。他的想象变成了他的生活里最生动鲜明的部分。索和妹妹睡在毗邻的房间里，夜里他会隔着中间的过道给她讲故事，故事里全是他白天看的书里的冒险经历和风景。有时他会停下来，问："你睡着了吗？我还继续讲吗？"露丝就会回答："没睡，邓肯，请继续讲。"不过最后她还是会睡过去。第二天晚上，她会说："接着讲故事吧，邓肯。"

"好吧。昨晚我讲到哪儿了？"

"他们……他们在金星上着陆了。"

"不，不对。他们已经离开金星，去水星了。"

"我……不记得了,邓肯。"

"你当然不记得了。你睡着了。好吧,要是你不想听,我就不给你讲故事了。"

"可我撑不住会睡着嘛,邓肯。"

"那你干吗不告诉我你要睡着了,还一直让我自言自语呢?"

又欺负她一会儿之后,他会把故事继续讲下去,因为每天他都会准备好长时间。

他还用别的办法欺负露丝。父母不让露丝在屋里踢球。他看到她踢过一次,于是吓唬了她好几个星期,威胁说要告诉母亲。有一天,索太太说自己的孩子从客厅餐具柜里偷糖。两人都不承认。后来露丝对他说:"糖是你偷的。"

他说:"对。不过要是你告诉妈妈,说我承认了,我就说你撒谎,她就不知道该相信谁了。"露丝马上去告诉了母亲,索说露丝撒谎,索太太不知道该相信谁好。

上学的头几个星期,他仔细观察过那些女生,看有没有谁能充当他幻想中的冒险伙伴,不过她们明摆着都是跟他一样的俗人。差不多有一年,他只好将就着喜欢英格拉姆小姐,尽管她魅力一般,但她的权威为她赋予了某种高贵的身份。后来有一天,在村里逛商店时,他看到橱窗里有一张招贴画,是亚马孙牌黏胶鞋底的广告。画上有个金发姑娘,穿着样式简洁的希腊盔甲,手持矛和盾,头戴头盔。在她上方写着"美观又耐久",她的面容有种哀伤的美,令英格拉姆小姐显得其貌不扬。在晚餐休息时间,索走到商店,看了那姑娘数十个数的时间。他知道,要是自己看得太投入、太频繁,很可能就连她也会显得其貌不扬。

第14章　鲁阿山

索先生想跟儿子多亲近一些,他喜欢户外活动。安置所周围有风光秀美的大山,其中距离最近的就是鲁阿山,它的高度不到一千六百英尺,他决定带索来一次轻松的远足,给他买了形状粗短的登山靴。可惜索偏偏想穿凉鞋。

"我喜欢活动脚趾。"他说。

"你在胡说什么呢?"

"我不想让脚夹在这些硬邦邦的皮革盒子里。这样脚趾就像死了似的。我的脚腕都没法打弯了。"

"你的脚腕就是不应该打弯啊!如果你在不好走的地方滑倒,折断脚腕就是全世界最容易的事。这双靴子特别制作成能给脚腕提供支撑的样子——一旦单根鞋钉抓牢地面,它就能支撑起你的脚腕、你的腿,甚至你的全身。"

"我虽然损失了稳固性,但可以从速度上找补回来。"

"我明白了。我明白了。一百年来,登山家们穿着带钉的登山靴,登上了阿尔卑斯山、喜马拉雅山和格兰扁山。人们或许以为他们很懂登山。哦,其实不对,邓肯·索比他们还懂。他们应该穿**凉鞋**。"

"他们穿不了,不代表我穿不了。"

"天哪!"索先生喊道,"我生了个什么?我做了什么才遭了这种报应?如果只要凭自己的经验就能活下去,我们怎么会有科学、文明、进步!人要向别人学习,才能提升自己的本领,这双靴子花了我 4.8 镑。"

"如果人人都按别人的方法做事,也就不会有科学、文明和一切了。"索说。

这场讨论一直持续到索先生脾气失控,索陷入歇斯底里,泡了个冷水澡为止。那双登山靴一直摆在橱柜里,直到露丝长大一些,能穿上为止。在此期间,父亲再也没带索去爬山。

一个夏日,索步履轻快地沿着海滨公路走着,直到安置所隐没在绿色的海岬后面。这是个晴朗的午后。几朵云在天上飘着,就像散落在蓝色地面上的白衬衫。他离开公路,从一个斜坡奔向大海,他的步伐十分有力,卵石和贝壳几乎没过他的脚踝。他感到自信而坚定,因为他一直在读一本书——《年轻的博物学家》,打算把所有有趣的东西写进笔记。卵石滩渐渐变成了倾斜的礁石,礁石中间散布着大圆石和水洼。他在一片汤盆大小的水洼旁边蹲了下来,皱着眉头往里看去。晶莹的水下有三颗卵石,一只生肝脏颜色的小海葵,一束绿色的海草和几只海螺。海螺有橄榄色的,有暗紫色的,他觉得自己看出了这样一种趋向:浅色的在水洼边缘,深色的在水洼中央。他取出笔记本和铅笔,在空白的第一页上画了一幅地图,标明了海螺的位置,然后他在正对着的那页上写下日期,想了想后又加上一些字:

懦怯的中螺滨色紫

因为他想用密码隐藏自己的发现,直到自己准备发表为止。然后他把笔记本装进兜里,漫步到一片沙滩上,波光闪闪的海水轻舔着光滑的白沙。他当够了博物学家,找到一根浮木,开始在坚硬的表面上刻画城堡的草图。那是一座非常复杂精美的城堡,到处是秘密入口、地牢和行刑室。

有人在他身后说:"那是什么东西?"索转过身来,看到了库尔特。他握紧木棍,喃喃地说:"是一些草图。"

库尔特绕着草图走了几步,说:"它们是什么的草图?"

"哦,它们只是草图。"

"好吧,也许你不告诉我它们是什么草图,是明智之举。你知道,或许我是德国间谍。"

"**你不可能是德国间谍。**"

"怎么不可能?"

"你只是个孩子!"

"可也许德国人有一种神秘药剂,能让人停止生长,让他们看起来还是孩子,但他们其实已经二三十岁了,也许他们用潜艇把我送到这里,我只是伪装成疏散人员,其实一直在监视你爸管理的那家安置所。"

索瞪着分开双腿、手抄裤兜的库尔特,库尔特瞪了回来。索说:"你是德国间谍?"

"对。"库尔特说。

他脸上毫无表情,让索相信了他是德国间谍。与此同时,他自己也未曾察觉,他已经不怕库尔特了。他说:"好吧,我是英国间谍。"

"你才不是呢。"

"我就是。"

"证明吧。"

"那你证明你是德国间谍。"

"我不愿意。要是我证明了,你可以让人逮捕并绞死我。"索想不出话来回应。他在想,该怎么让库尔特相信自己是英国间谍,这时库尔特说:"你是格拉斯哥来的?"

"是啊!"

"我也是。"

"格拉斯哥哪一片?"

"加恩加德。你在哪一片?"

"里德里。"

"嗯！里德里离加恩加德很近。它们都在运河边上。"

库尔特又看了看草图，说："是某种据点的草图？"

"嗯……算是一种据点吧。"

"我知道一些很棒的据点。"

"我也知道！"索热切地说，"我有个据点，就在那个里面——"

"**我**有个据点，是真正的秘密洞穴！"库尔特得意地说。

索大为钦佩。他适时沉默了一阵后说："**我**的据点在灌木丛里。从外面看，就像普通的灌木丛，但里面是空的，它就在这条路旁边的安置所里，所以你可以坐在里面，望着这些傻乎乎的兵工厂女孩从旁边走过，她们并不知道你在那儿。麻烦的是，"——事实让他不甘地加了一句——"下雨的时候，它会进水。"

"据点是有这个缺点，"库尔特说，"它们要么足够隐蔽，却容易落进雨水，要么落不进雨水，但不够隐蔽。我的洞穴倒是不会进水，不过我上次过去的时候，发现地上铺满了脏兮兮的稻草。我觉得有流浪汉过去待过。不过要是有人帮忙，我就能建起一个很棒的据点。"

"怎么做？"

"你能保证不告诉别人吗？"

"嗯，当然。"

"那地方就在旅馆旁边。"

他们穿过海滩，来到公路上，沿着公路边走边聊，颇为热络。

还没走到村子,他们就拐入一条车道,它向上延伸到金洛克鲁阿旅馆高高的铁门和紫杉树那儿。走过这条车道,后面变成了半掩在欧洲蕨下的一条小路。他们沿着这条险峻的小路,在巨石和灌木丛中间越走越高,后来库尔特停下脚步,得意扬扬地说:"就是这儿!"

他们在一道隘谷的边上,隘谷的斜坡下面是一条小河。这里一直被当作倾倒垃圾的地方,遍地是铁盒、破瓦罐、煤渣和烂布头。索高兴地看着,说:"的确,这里有足够的材料建设据点。"

"咱们先把大罐子弄出来。"库尔特说。

他们在垃圾里深一脚浅一脚地走着,收集着物资,然后运到两块巨石下面的一片平地上。他们用汽油桶充当据点的墙壁,在顶端架上长木棍充当房梁,再铺上油地毡屋顶。他们进行到最后一步,正要用麻袋堵住剩下几处窟窿的时候,索听到一阵脚步声,于是看了看周围。只见一个牧羊人正要下山,站在他们左边齐腰深的欧洲蕨里。"下午好,小伙子们。"牧羊人说。

索干活的速度越来越慢。之前他一直在满腔热情地攀谈,现在他沉默下来,回答问话也是尽可能地言简意赅。最后库尔特丢下他想弄成烟囱的一截管子,说:"你怎么了?"

"这个据点没有用。离路太近了。每个人都能看到。

它一点也不隐蔽。"

库尔特瞪着索,然后抓住油地毡屋顶,把它扯下来,丢进了隘谷。

"你干什么?"索喊道。

"你说的!它没有用!我把它拆了!"

库尔特把"墙壁"推倒,把油桶踢进隘谷。索不高兴地看着,直到只剩几根长木棍留在原地,远处传来叮叮当当的响声。他说:"你没必要这么做。我们可以用树枝什么的,把它隐藏起来。"

库尔特拨开欧洲蕨,来到小路上,沿着小路往下走去。走出几步之后,他扭头喊道:"你是个浑蛋!你是个可恶的浑蛋!"

"你是个该死的、可恶的浑蛋!"索喊道。

"你是个**他妈的**、该死的、可恶的浑蛋!"库尔特吼道,他的身影消失在树林里。索在据点那儿郁闷地思索着,他觉得这个据点原本还不错。索往车道的另一头走去。

峡谷将沼泽地带的所有溪流纳入其中,这些溪流在大石、树叶和乌鸫的鸣啭中翻腾激荡着,但索对环境并不怎么在意。他的思绪多了几分愉悦。冷峻、嘲弄和激动的表情,在他脸上反复出现,他有时还傲慢地挥舞着一只手臂。有一次,他冷笑着说:"抱歉,夫人,但你还没弄明白你的处境。你已经被我囚禁了。"

过了一会儿,他才注意到,自己已经越过了峡谷,但旷野的寂静中透出一种不安,连白日梦也无法将它摒除在外。最大的声音就是小溪流淌的声音,清澈的水流呈现出棕色,在阳光的照射下,棕色中又透着金色,那些细细的小溪只有巴掌那么宽。在有些地方,石楠的枝条和根部纠缠在一起,横跨在这些小溪上面,完全可以凭借紫绿色花毯上悦耳的汩汩水声,来追随这些小溪的流向,这样的花毯起起伏伏,一直向上延伸到鲁阿山的小丘和巨石那里。索突然觉得,自己仿佛正从天上俯瞰着自己,一个穿越沼泽地带的小人,就像棉被上的虱子。他一动不动地站在那儿,望着鲁阿山。在灰绿色的山尖上,他似乎看到一个人影,一个直立的白色小点,在动,在打手势,尽管这种动作有可能是山顶与他眼睛之间的温暖空气在抖动所致。在索看来,那个动作表明,有个身穿白裙的女人在向他招手示意。他甚至能想象出她的容貌:正是黏胶鞋底广告上那个姑娘的容貌。这个在远处招手的女人带给他的印象里有种信仰的力量,只不过这并不是什么真正的信仰。他并未做出登上高山的决定,他想的是"我沿着这条小溪走一段",或者"我要到那块岩石那儿"。他登上一段斜坡,就会发现前面还有一段更高的斜坡,鲁阿山每次都看起来更近了。有时,他爬上一块巨石,在那里站了好几分钟,聆听着细微的声响,也许是远处的山羊蹄子与石头的摩擦声,或者兔子撒腿狂奔的声音,或者是血液在他耳鼓里的脉动声。从这些基石上望去,有时鲁阿山的山顶空无一物,不过后来,他颇为伤心，结果看到山顶有白点在闪动。他继续向山坡进发，山顶离开了他的视野范围。

较矮的斜坡大多跟花岗岩同宽，那些花岗岩倾斜的坡度跟山坡一样，高度跟石楠平齐，像废墟城市的人行道一样布满裂痕。在更高的地方，石楠给优美的草皮腾出了位置，蚱蜢在草里唧唧叫，长着茎秆的小花还不到一英寸高，花朵比针尖大不了多少。他有些渴，在一块岩石的凹坑那儿找到一个浅浅的水洼，里面积存着上个星期的雨水。他停下来喝水，嘴唇感受到了花岗岩的坚硬，舌头感受到了雨水的热度和酸味。山体变得陡峭了，近乎垂直的岩块间有覆盖着草皮的岩架。有半个小时，他手脚并用，在弯曲的通道里扭动着身子前进，翻过一处处小小的峭壁，然后仰面平躺在顶峰阴影里的一条岩脊上，让汗湿的衬衫自然晾干。在这个高度，他能听到荒野里听不到的声音：一个农场上有只狗在吠，有人把安置所的一扇门砰地摔上了，一只云雀飞过村庄后面的农田，孩子们在沙滩上大喊大叫，还有大海的呢喃声。他心里有两种不相上下的认识。一种是热情而偷懒的认识：山上有个身着白裙的金发姑娘在等他，她腼腆而又急切。另一种是冷静的认识：这不太可能，爬山的好处是可以强身健体，饱览山顶的风景。这两种认识并无冲突，他的想法可以轻易从这个转到那个上，不过当他站起身，开始最后一段攀登时，对那个姑娘的期待要来得更强烈一些。

他在一道花岗岩峭壁下面,峭壁几乎有他四倍高,有一条岩脊从峭壁上斜斜垂下,岩脊是由两个地层的山岩组成的,下面那个地层的山岩更为突出。往上攀爬的时候,恐高令他倍感兴奋。岩脊久经风化,碎石颇多,每爬一步,都会散落一些砾石,它们窸窸窣窣地弹跳着,掉落下去。岩脊渐渐变窄,最后只有几英寸宽。索用胸膛抵着花岗岩,踮起脚站着,伸出手去,他的指尖差一英寸就能够着顶端了。"该死,该死,该死,该死,该死。"他难过地喃喃自语,盯着那块黑色岩石跟一团白云相接的边缘。一张脸突然从边上探了出来,俯视着他。那是一张小小的圆脸,满面皱纹,几乎看不出性别,它把索吓得险些失去平衡。过了一会儿,索才认出来,原来是村里的牧师麦克费德伦先生。牧师说:"你被困住了?"

"没有,我能退回去。"

"好吧。正确的上山路在另一侧。不过在那儿等我一会儿。"

那张脸缩了回去,索看到一个又黑又直、末端弯曲的东西从上面伸出来,向自己滑了下来。原来是伞柄。索咽下涌到喉间的恐惧,用左手抓住伞柄,拽了拽。挺结实的。他用凉鞋里的脚趾踩住山岩上的一个凸起,抓紧伞柄,朝着那道边缘用力向上爬,把一只胳膊搭了上去。牧师抓住他的胳膊,把他拉到山顶。他坐直身体说:"谢谢你。"

山顶是一个岩石平台，跟房间地面一样大，而且是倾斜的，一边比另一边高。在最高的一角竖着一根粗短的水泥柱，就像一个坡度很陡的金字塔，塔尖被砍掉了。索大为伤心地发现，这根柱子好像就是那个诱人的白裙女人。牧师是个秃顶、干瘦的小个子男人，穿着皱皱巴巴的黑衣服，坐在旁边，双腿悬在边缘以外，拳头搁在大腿上，脊背笔挺，就像坐在椅子上似的。卷起来的雨伞放在身旁。他扭过头来说："现在气顺了吧，说说看，你觉得风景怎么样。"

索站了起来。下方的沼泽地带上星星点点的绵羊在吃草，远处是一些长满灌木的幽谷和绿色的海岸线。村庄掩映在最大的峡谷里的树木背后，但旅馆的屋顶和周围的紫杉树暴露了村庄的位置，最远处是探进大西洋的一个码头。左侧，在海滩和白色的公路中间，安置所矗立在规整的长方形街区里面，看上去就像一盘棋，化为小点的人们在笔直的小路上来来往往。再往远处看，那条公路——一辆巴士在路上行驶着，就像一只昆虫——从海岸拐进一片荒野地带，那里有着小小的湖泊和蓝灰色的山，随着距离拉远，颜色渐渐变淡，就像一片石头海洋上的波浪。但前方的海洋看上去既闪亮又光滑，有如微微起皱的绸缎。海平线上的斯凯岛上有些黑乎乎的山，海洋一直延伸到那些山那儿，太阳悬在所有这些的上方，它的高度跟索本人所在的高度大致平齐。薄雾把太阳变得模糊，变成了橙色，但太阳仍在中央绽放出金色的光芒。索可怜巴巴地瞅着太阳。这位牧师正是他尽力躲避的人物。刚到安置所的时候，他母亲因为平日就去教堂，于是在早晨的礼拜仪式结束后，送他去了主日学校，主持主日学校的人就是麦克费德伦博士。索期待着唱小小的圣歌，画一些《圣经》故事的小画，结果他领到一本问答书，要他把书里的内容记在心里，当麦克费德伦博士提出"上帝为何造人？"这样的问题时，索要给出这样的回答："上帝造人以荣耀他的名，永久地欣赏自己的作品。"在主日学校待完第一天，他就不想再去了，他父亲是个无神论者，说如果他不喜欢就不用去了。从那以后，索听到父母议论过牧师几次。他母亲说，牧师的布道里提到地狱的次数太多了。她认为教会蛮好的，因为他们给人崇敬的对象，给人以希望，但她不相信有地狱，用地狱来吓唬孩子更是不对。索先生说，他看不出人为什么不应该相信让他们感到愉快的事物，但麦克费德伦是那种在高地和岛上很常见的人，一个心胸狭隘的人，只要有谁不接受他那偏狭的看法，他就咒人家下地狱。

为掩饰自己的尴尬，索转过头，打量着柱子。

"你想知道这是什么吗？"牧师问。他的声音柔和而清晰。

"想。"

"这是一个三角测量点。你的名字还在我的主日学校登记册上。你想让我把它去掉吗？"

索皱起眉头，用指头摩挲着柱头上一处奇怪的凹陷。

牧师说："**那**是用来支撑政府制图员所用的工具的底座的。我注意到，你和你母亲不再来礼拜堂了。为什么？"

"爸爸说，如果一件事没有教育意义，我又不喜欢，就用不着去做。"索喃喃地说。牧师友好地轻笑一声。

"我很欣赏你父亲。他的教育观念能包容很多东西，却没有人生的目的和人的命运。你相信上帝吗？"

索大胆地说："我不知道，但我不相信有地狱。"牧师又笑了。"等你对生活有了更深的认识，或许你就会觉得，地狱更可信了。你是从格拉斯哥来的？"

"对。"

"我在那座城市读了六年的神学。它让我觉得，地狱很真实。"

远处传来一声沉闷的爆炸。一团白色的烟雾从南面沼泽地的凹坑里冉冉升起，一边升腾，一边消散开来。回音在群山之间回荡着，然后化作远处幽谷里的袅袅余音。

"没错，"牧师说，"下面的兵工厂正在搞测试。我们必须集结地狱之力，才能保住这个国家。"

索心里充满压抑的愤怒。这个下午就像一颗美味的水果，他已经咬开了果肉，却发现果核里全是刺耳又沉闷的话语。他喃喃地说，自己该回家了。"嗯，"

牧师说，"大老远的，小伙子是时候回家睡觉了。"

牧师站起身，领着索从好多花岗岩石块组成的斜坡离开山顶，这些石块有那么多水平的表面，他踩着石块走下去，就像走在一段巨大的台阶上，从一级敏捷地跳向另一级，在不好走的地方用雨伞维持好自己的平衡。索不高兴地跟在他后面，一会儿跳，一会儿爬。等他们来到草叶更茂盛的斜坡时，索拉大了两人之间的距离，最后牧师的身影消失在一块大石后面，然后索往左转，绕着山腰攀爬了一段，直到两人拉开足够的距离，这才动身往安置所走去。

他走到公路的时候，太阳落下去了，但这时仍是黄昏时分，是有所延长的夏日黄昏，地面已经变暗，但天空的色彩鲜明依旧。他脚下无力地走向安置所大门，坚硬的柏油路硌得他脚疼，他从两条笔直的小路走过，来到管理人员的平房。母亲坐在草坪上的躺椅上编织衣物。父亲在旁边漫不经心地锄着小假山上的野草。索走近的时候，索太太责备地喊道："我们正要开始担心你了！"

他本来没打算说爬山的事，因为他是穿着凉鞋上去的，但是站在父母中间，他忍不住说："我敢打赌，你们不知道我去哪儿了！"

"那你去哪儿了？"

"那儿！"

安置所低矮而平坦的屋顶后面，鲁阿山看上去就像一块黑色的楔子，嵌在圆圆的碧空里。几块羽毛状的血红云彩中间，柔和的星光刚要开始闪烁。

"你去爬鲁阿山了？"

"嗯。"

"一个人？"

"嗯。"

母亲和蔼地说："这样做可能会有危险，邓肯。"

他父亲看了看他脚上的凉鞋，说："要是你再去，一定先告诉别人你要去爬山，那样万一遇上意外，我们还能知道该从哪儿找起。不过这一次，我们就不怪你了，我们不怪你，我们不怪你。"

第 15 章　正常

战争结束那年,索一家回到了格拉斯哥。抵达的那天深夜,天上下着小雨,他们在车站搭上一辆出租车,麻木地坐进车里。索望着外面一条条荒凉的街道,照亮街道的灯光看起来既昏暗又刺眼。从前,格拉斯哥是一个廉租住宅区,有一所学校和一段运河;如今,它变成了一个阴惨惨的大迷宫,也许他要花好多年,才能找到出路。公寓里又冷又乱。战争期间,它租给了陌生人,被褥和装饰品都锁在后面的卧室里。父母打开行李,搬东西时,他看了看自己的旧书,觉得它们既无聊又幼稚。他问正在除尘的母亲:"我们再过多久,才能恢复正常?"

"你说的'正常'是指什么?"

"你知道,就是安顿好。"

"我觉得要一两个星期吧。"

他来到客厅,他父亲正在翻看信件,他说:"我们再过多久,才能恢复正常?"

"幸运的话，或许要两三个月。"

接下来的几个月里，索先生一直在客厅里的书桌旁打印信件。每寄出一封信，他都会收到回信，抬头是打印的，他会把这样的信递给索，索就会在空白的背面画画。索在后面卧室里的小书桌旁边坐着，整小时地写写画画，他穿着一件晨衣，戴着一顶绣边的吸烟帽[1]，这顶帽子原先是他祖父的。他很少会看自己在背面画画的那些信，不过有一次，他瞥见了父亲在战前供职的那家工厂的厂名。他念道：

亲爱的索先生：

　　似乎除了诞生之地，先知走到哪里都会备受尊崇！祝贺您在如今已告解散的军需部大有作为。

　　不幸的是，我们目前没有人事主管的空缺职位。不过我能肯定，以您显而易见的才干，您可以在别处轻松谋得职位。向您致以真诚的祝福。

　　　　　　　　　　　　　　　　您忠实的
　　　　　　　　　　　　　　约翰·布莱尔总经理

一天吃晚餐时，索先生对妻子说："今天早晨，我去霍根菲尔德那边转了转。他们正要建水库，给新的

---

[1] 吸烟帽（smoking cap），旧时人们在吸烟时戴的帽子，避免头发染上烟味。

住宅项目做配套。"他咽下一口食物，说："我进去找了份工作。明天就去上班。"

"干什么的？"

"水库的外墙是往金属模子中间灌水泥做成的。我负责把模子固定到位，等混凝土硬结之后，我再把模子拆下来。"

索太太冷冷地说："总比什么都不干强。"

"我就是这么想的。"

此后，索先生每天早晨骑着自行车去上班，他穿着旧夹克和灯芯绒裤子，裤腿塞在袜子筒里，如今，索不上学的时候，他就在索先生的书桌旁写写画画，或者在炉边地毯上躺着看书，享受着母亲的陪伴，母亲会在附近干家务活。

有一天，索先生说："邓肯，再过六个星期，你就要参加入学资格考试了，对吗？"

"对。"

"你明白这次考试有多重要吗？只要你能考过，你就可以去读高中，在那里，只要你认真学习功课，完成作业，通过考试，你就能拿到高中毕业文凭，做你想做的任何工作了。你甚至可以再读四年大学。如果你没通过资格考试，你就只能去读初中，十四岁毕业，能找到什么工作就干什么工作。看着我。我当年读的是高中，但我十四岁时不得不辍学，好赚钱养活母亲和妹妹。我相信我有能力把生活安排好，但要想安排好，你得有文凭，文凭，而我没有文凭。我最好的工作就是在莱尔德制箱厂做一个设备看护员。当然，在战争期间，有文凭的人手不够，我全靠能力找到了一份工作。不过你看，我现在在做什么。你有没有想过，你想成为什么样的人？"

索想了想。过去，他只想当国王、魔术师、探险家、考古学家、天文学家、发明家和宇宙飞船的驾驶员。最近，在后面的卧室里写写画画时，他想到了写故事或画画。他犹豫片刻，说："医生。"

"医生！好，这个职业不错。医生奉献自己，帮助他人。医生永远受人尊敬，被社会需要，不论社会发生了什么变化。好吧，你的第一步就是通过资格考试。只要走好这一步，别的都不用担心。你的英语和通识都不错，只是数学不行，所以你得主攻数学。"索先生拍了拍儿子的后背。"去吧！"他说。索回到自己的卧室里，关上门，躺在床上哭了起来。父亲指明的那种未来实在令人厌恶。

怀特希尔高中的校舍是一栋高大、阴沉的红色砂岩建筑，后面有一片运动场，两侧各有一个方形的操场，男生和女生各用一个，带墙头钉的围墙将操场四面封闭，也压缩了操场的面积。早在一八八几年，这所学校就已经建成现在这副样子了，但随着格拉斯哥的发展，校舍也几经扩建。有一栋楼表面看来与老楼外观一致，内里却是迷宫般的弯曲楼梯和小教室，它是在世纪之交的时候，在老楼旁边加盖的。一战后又多了一栋长长的木制附楼，校方把它当作临时设施，直到新校舍开建为止。二战后作为进一步的临时措施，运动场上又搭建起七间预制板棚屋，每间可以容纳两班学生。一个灰蒙蒙的早晨，一些新入学的男生站在大门口处神色茫然的人群中。上小学时，他们一直是操场上的巨人。现在，他们站在一帮比他们高半米的人中间，形同侏儒。一帮来自里德里的学生悄悄凑到一起，尽量装出老于世故的样子。一个男生对索说："你准备选什么，拉丁语还是法语？"

"法语。"

"我要选拉丁语。上大学离不了它。"

"可拉丁语是已经没人用的语言！"索说，"我母亲想让我选拉丁语，但我告诉她，用法语写成的好书更多。而且学了法语，旅行时也用得上。"

"嗯，或许是吧，不过上大学离不了拉丁语。"

尖锐的电铃声响起，一个肥胖秃顶、身穿黑袍的男人出现在大门口的台阶上。他双手深深地插在裤兜里，分开双腿站着，盯着自己背心上的扣子，年龄大一些的学生匆匆跑进几个入口前面的队列里。有一两支队伍一直发出模糊的说话声和脚步声，他用严厉的目光盯着这些队伍，他们马上安静下来。他用右手的一根手指，向每个班的学生示意，让他们一个班接一个班地进入大门。然后他示意门边的那一小撮人到楼梯跟前来站好队，他照着一份名单念出他们的名字，带领他们走进楼里。入口的幽暗淹没了他们，然后是传出阵阵回音的走廊里的昏暗灯光，然后是教室里的冷光。

索最后一个走进教室，发现唯一的空位就是没人愿意坐的位子，前排正对着老师的那个位置，老师坐在高高的讲桌后面，双手交扣放在桌盖上。等所有人坐好之后，他从左到右扫视着面前一排排学生的面孔，像是要把他们每个人都记在心里，然后他把身子往后一靠，漫不经心地说："现在开始分班。当然，在第一年，唯一真正的区分就是选修拉丁语，还是选修……一门现代语言。在第三年的年末，你们必须在其他专业之间做出选择：比如，选地理还是历史，选科学还是艺术，因为到那时候，你们应该有所专长，好为将来的职业做好准备。要是有谁不懂专长是什么意思，就举手。没人举手？好。你们今天要做的选择相对简单一些，但影响更为深远。你们都知道，要进大学就必须学习拉丁语。很多秉持善意的人认为这样有失公平，并试图改变这一现状。就格拉斯哥大学来说，目前他们**尚未**成功。"他露出一个自恋的笑容，把身子往后靠去，直到他看起来像是在看天花板为止。他说："我叫沃金肖。我是资深古典学教师。古典学。这就是我们对拉丁语和希腊语研究的称谓。也许你们以前听过这个词？谁没有听过古典音乐？要是有谁没听过古典音乐就举手。没人举手？好。你们明白吗，古典音乐是**最杰出的**一种音乐，出自最杰出的作曲家之手。同样，古典学研究也是对**最杰出**作品的研究。你在嚼什么东西吗？"

索一直在紧张地咽唾沫，他惊恐地发现，这句问话是冲着自己来的。他不敢将目光从老师脸上挪开，他慢慢地站起来，摇了摇头。

"回答我。"

"没有，先生。"

"张嘴。张大点。把舌头伸出来。"

索照办了。沃金肖先生身体前倾，看了看，然后和蔼地说："你叫什么名字？"

"索，先生。"

"好了，索。你可以坐下了。要一直说真话，索。"

沃金肖先生把身子靠回去，说："古典学。或者，像大学里那样，我们把它称作人文学。我对现代语言研究并没有什么意见。自然，你们当中有一半人会选择法语。但怀特希尔高中有一项传统，就是钻研古典学问的优良传统，我希望你们当中会有很多人继承这一传统。对那些没有读大学雄心的学生，还有那些看不到拉丁语有何用处的学生，我只能重复一下罗伯特·彭斯[1]的话：'人不能只靠面包活着。'如果你们够聪明，就会记住这句话。现在我要再点一遍名，我希望你们大声说出你们选现代还是古典。"

---

1 罗伯特·彭斯（Robert Burns，1759—1796），苏格兰著名诗人。

他把名单又念了一遍。索沮丧地听到，他认识的人全都选了拉丁语。他也选了拉丁语。

选修拉丁语的学生在另一间教室门口列队，教室的门向走廊敞开着。选修拉丁语的女生们已经到了，正在咯咯笑着，窃窃私语。索一下子就发现并爱上了她们中最可爱的那一个。她金发碧眼，穿着一条浅色的裙子，于是他故作高傲、心不在焉地皱起眉头环顾走廊，希望她能注意到自己傲慢的冷漠表现。走廊就像水族馆里的水箱，光线是从屋顶的窗子里斜着透进来的。走廊一头的一堵墙上，一块大理石牌匾上有个身穿罗马盔甲的骑士，还有在一战中亡故的学生名单。历任校长的照片挂在周围的那些门中间：留着蓬松长须的是早些年的校长，胡须修剪得体的是近些年的，但他们眉眼都透着严厉，嘴巴紧闭。楼上阳台传来用皮带抽手的可怕啪啪声。某个地方的一扇门打开了，一个声音用抱怨的腔调说："Marcellus animadvertit[1]，马塞卢斯注意到这件事，马上将兵力结成战线，果决地，呃，果决地抓住机会，让他们回首往昔，那时他们的举止往往，呃，透着高贵……"

一名瘦削的年轻教师领着他们走进教室。女生们坐右侧座位，男生们坐左侧座位，教师双手叉腰，上

---

[1] 拉丁语，意为"马塞卢斯注意到"。

身前倾，面向学生。他说："我叫马克斯韦尔，是你们的班主任老师。你们每天早晨先来找我完成考勤，说明之前旷课或迟到的理由。最好是能说得过去的理由。我还兼任你们的拉丁语老师。"

他盯着他们看了一会儿，然后说："我刚开始教书。正如我是你们的第一位高中老师，你们也是我带的第一个高中班级。你们瞧，我们都是刚刚起步，我认为我们最好现在就下定决心，把第一步迈好。你们好好听我的教导，我就会好好教导你们。但如果我们就任何事发生争执，受罪的都会是**你们**。而不是我。"

他快活地盯着学生们，被吓到的学生们也盯着他看。他有一张不平整的脸：粗犷的鼻子、修剪过的红色髭须、宽嘴唇。索注意到，这位老师把髭须的下缘剪得刚好能衔接上嘴唇的平整表面。这一细节比刚才那番严厉而神经质的小小演说，更让他感到害怕。

整个上午，沮丧就像某种实实在在的重量，在他的大脑和胸膛中不断累积着。每隔四十分钟，尖锐的铃声就会响起，全班学生就会赶往另一间教室，迎接他们的欢迎词是并不友好的寥寥数语。数学老师是一个富有活力的小个子女人，她说只要他们用功，她就会竭尽全力地帮助他们，但有一件事她不能也不会忍受，那就是做梦。她的课堂容不下做梦的人。她把代数和几何课本发了下去，索在课本里看到的是一个没有色彩、家具和情节的地方，思想在那儿同它自己进行着象征性的谈判。科学教室里有股刺鼻的化学气息，摆在架子上的奇异物品激起了他对魔法的兴趣，但老师是个态度凶蛮的大个子男人，头发就像野兽的皮毛，索知道他讲授的任何东西，都不会让自己更有力量或更加自由。美术老师是个性情温和的中年人。他讲到了透视法则，还说必须学会这些法则，才能画出真正的美术作品。他发下铅笔，让他们把一个木块画到一张小纸上。在每间教室，索都坐在前排，盯着老师的脸看。既然身处他应付不来的世界，他就想给这些权威人士留下一个恭顺的印象，好让他们对他宽厚一些。他一直都能感受到那个金发碧眼的女生散发出来的淡淡光彩，她就在他左后方的某个位置。他两次弄掉课本，借着捡书偷眼看她。她好像是个并不安分、好动的女生，总是扭动肩膀，甩动头发，面带微笑地东张西望。他惊讶地发现，她的鹅蛋脸上有个前突的下巴，略欠雅观。她的美更多地呈现在她的肢体动作当中，而不在她的肢体本身，或许正因如此，她才动个不停。

家在里德里的男生们站在等电车的队列里闲聊着，电车中午就能把他们送回家。一个男生说："那个大个子马克斯韦尔——我讨厌他。他看起来疯得能杀人。"

"啊，不会的，只要你听话，他就会好好的。我害怕的是科学老师。他是那种只因为情绪不好就会揍你的人。"

"啊，他们今天就是故意吓唬我们。只要他们一上来就唬住我们,我们以后就不会给他们惹麻烦了。他们是这样希望的。"

一阵若有所思的沉默,然后有人说:"你们对那个天才怎么看?"

"我注意到那个金发小妞了。"

"啊,你们看到她了?她一刻也安静不下来。我不介意在黑屋子里摸摸她的肚子。"

除了索,每个人都窃笑起来。有人轻轻推了推他,说:"你觉得她怎么样,月球人?"

"对我来说,她的下巴太像猿猴了。"

"是吗?好吧。不过如果把她当礼物送给我,我是不会把她还回去的。有谁知道她的名字吗?"

"我知道。她叫凯特·考德威尔。"

下午,情况好些了,因为他们上了英语课,老师是个年轻男人,他跟喜剧电影明星鲍勃·霍普有种令人欣慰的相似。他没做任何介绍性的开场白,就说:"今天是给校刊投稿的最后一天。我把纸发给你们,你们可以试着给它写点东西。可以是散文也可以是诗,可以严肃也可以诙谐,可以是虚构的故事也可以是真事。即使作品没有太大价值也没关系,不过你们当中,或许会有一两个人的稿件能被校刊接受。"

索伏在那张纸上,满脑子都是兴奋的念头。他的心跳都变快了,他动笔写了起来。他很快写满了两大张书写纸,然后把结果小心地誊抄下来,用词典把难拼的词核对了一遍。老师把纸收了上去，下一节课的铃声响了起来。

第二天有几何课。数学老师的讲解清晰易懂，在黑板上画的图也清清楚楚，索盯着她看，试图用凝重的表情掩饰自己听不懂。一个女生走进教室说："报告，小姐，米克尔先生想让邓肯·索去五十四号房间见他。"

女生领他穿过操场去木制附楼时，索说："谁是米克尔先生？"

"首席英语教师。"

"他找我干吗？"

"我怎么知道？"

在五十四号房间，一个阴郁的男人穿着学袍，倚在一张俯瞰许多排空办公桌的办公桌旁。他把脸朝着索转过来，他的脸长长的，上面有些皱纹，椭圆形的秃头下面是三角形的脸庞。他留着一撮黑色小胡子，眉毛里透着揶揄。他从书桌上拎起两大张书写纸，说："这是你写的吗？"

"是的，先生。"

"是什么给了你这个构思？"

"没有什么，先生。"

"嗯。看来你读过不少书？"

"是挺多的。"

"你现在在读什么？"

"一部戏剧，叫《列王》。"

"哈代的《列王》？"

"我忘记作者是谁了。我是从图书馆借的。"

"你觉得这本书怎么样？"

"我觉得歌队的部分有点无聊，不过我喜欢风景描写。我喜欢从莫斯科撤退的那部分，士兵的尸体前面被火烤焦了，后面冻得硬邦邦的。我还喜欢从云端俯瞰欧洲的那段描写，欧洲看上去就像一个生病的人，阿尔卑斯山就像他的脊椎。"

"你在家写东西吗？"

"哦，是的，先生。"

"你有正在写的东西吗？"

"有。我正在尝试写一个能听到颜色的男孩。"

"听到颜色？"

"是的，先生。当他看到一团燃烧的火焰，每个火苗都会发出小提琴演奏吉格舞曲的声音，有些晚上，满月的尖叫让他无法入眠，他能听到朝阳在橙色的晨曦中冉冉升起，就像吹喇叭一样。麻烦的是，他周围的多数颜色都会发出可怕的噪声——比如，橙色和绿色的巴士、交通信号灯、广告之类的东西。"

"你自己听不到颜色吧？"老师说，他略感奇怪地打量着索。

"哦，听不到，"索笑着说，"这个构思是从埃德加·爱伦·坡给他的一首诗写的注解里得来的。他说他有时觉得，自己能听到暮色爬满大地，就像钟声一般。"

"我明白了。好吧,邓肯,今年校刊很缺有价值的稿件。你觉得你能给我们再写点东西吗?风格稍微不同的东西?"

"哦,好的。"

"**别**写能听到颜色的男孩。这是个好构思——对校刊来说,恐怕好过头了。写点更普通的东西吧。多久能写好?"

"明天,先生。"

"后天也行。"

"明天我就带来。"

米克尔先生用铅笔头敲了敲自己的牙齿,然后说:"学校里有个辩论社,在每隔一个星期的星期三晚上进行辩论活动。你应该过来看看。也许你有想法要说。"

索蹦蹦跳跳地跑过空无一人的操场。在数学教室门外,他停住脚步,收起咧着嘴的笑容,皱起眉头,嘴巴微微笑着,打开门,在全班同学的注视下回到自己的座位上。凯特·考德威尔的座位跟索的只隔了一条过道,她微笑着,肢体的摇曳中透着疑问。他伏在写满公理的一页书上,假装专心听讲,其实心里在构思一篇新故事。心中的得意之情让他回想起了鲁阿山的山顶。他想起阳光照耀的沼泽地和那个召唤他前行的白色小点,琢磨着能否用这些写成一篇故事,而凯特·考德威尔会不会读到,会不会心生敬佩。他拿起铅笔,开始在一本书的封面上偷偷画出一座陡峭的大山。

"什么是点?"

他抬头望去,眨巴着眼睛。

"站起来,索!告诉我,什么是点。"

这个问题似乎毫无意义。

"点是无部分之物。你不知道,对吗,而这是书里的第一条公理。还有——这是什么?你一直在封面上画画!"

他盯着老师开开合合的嘴巴,心想为什么说出口的言辞可以像石头那样伤人。他的耳朵试着留意街上汽车缓慢行驶的声音和凯特·考德威尔的脚挪动的细微声音,以此来获得自由。老师的嘴巴停止了翕动。他嘟哝着:"是,小姐。"然后坐了下来,脸颊烧得通红。

他用四个晚上正儿八经地写完了新的故事。他把它交给米克尔先生,为迟延交稿再三道歉,米克尔先生读后拒绝了它,他解释说,索试图将现实和幻想融为一体,这一点就连大人也很难做到。索既震惊又愤懑。尽管他对这个故事并不满意,但他知道这是自己写过的最棒的东西。"就连大人"这几个字暗示着,他的作品之所以有趣,只因为他还是个孩子,这话伤了他的自尊;而且他已经悄悄跟几个同班同学说过米克尔先生约稿的事,还希望这话能传到凯特·考德威尔耳朵里。

第 16 章　地下世界

部分是为了娱乐，部分是为了省钱，他每天早晨都会从亚历山德拉公园穿过，步行上学，他误以为一条穿过花圃的弯曲小路比车来车往的直路更近。小路穿过一片山坡，山坡上面有个高尔夫球场，下面有几片足球场。天空往往是偏暗的中间色，比球场更远的地方，一片实用的灰色光线照亮了廉租公寓和工厂的屋脊，既没有把它们变得模糊不清，也没有把它们变得更美。翻过小山是一片可以划船的池塘，周围是山楂树和栗子树。水面上往往蒙着前一夜落下的烟尘，刚从岛上下水的一只鸭子在水面上留下一道痕迹，就像手指在蒙尘的玻璃上留下痕迹一般。穿过隆隆的卡车和叮叮当当的电车在大路上汇成的洪流，他从一些小街组成的网格中选路穿过，一路上会经过两家电影院，电影院外面贴着静止的照片，还有三家商店，橱窗里陈列着色彩鲜艳的杂志。杂志上的女人给他的白日梦平添了几分香艳。

一天早上，他穿过大路，正在一条短街上走着，这时凯特·考德威尔从他前面的一个巷口里走了出来，往学校走去，她的书包（战时装防毒面具用的）在她的屁股上颠动着。他激动地跟了上去，想追上她，却又缺乏勇气。他能跟她说什么呢？他想象着自己结结巴巴地说着笨拙无趣的话题，功课和天气如何如何，可想而知，她也只会给出例行公事的回应。她为什么不转身微笑，示意他上前呢？她肯定知道自己在后面吧？如果她真的向他示意，他会微微一笑，带点疑问地扬起眉毛，走上前去。她会说"喜欢有我做伴吗？"，或者"我很高兴你从这边走，最近早上走路有点无趣"，或者"我喜欢你在校刊上发表的故事，给我讲讲你的事吧"。他用狂热的眼神盯着她上下摆动的肩膀，盼着她转身向他示意，但她没有，他们就这样来到了学校，一路上既没走近，也没分开。此后，他每天都盼望着，她会在自己经过巷子的那一刻走出来，那样他就能跟她搭讪，无须贬低自己；但要么他根本碰不到她，要么她已经出现在了前面，他只能尾随其后，就像被一根看不见的绳索牵着似的。一天早上，他刚从巷子旁边走过，就听到轻快的脚步声从后面赶了上来。希冀和紧张的情绪攫住了他，脸上的皮肤都因为紧张而感到刺痛了。在那串脚步追上自己之前，他突然穿过马路，来到马路对面的人行道上，他心里涌起悲惨的孤独感，其中还掺杂着蔑视和自怜。然后他扭头望向马路对面，看到的不是凯特·考德威尔那晃动中透出轻蔑的双肩，而是一个精神矍铄的小个子老太太，拎着一个购物袋。他走到操场时感觉既挫败又失望，从那以后，他选了一条不会让他心里五味杂陈的上学路线。

他有些功课学得不错，也学会了让其他表现不好的功课不至于冒犯到老师，他渐渐接受了学校，就像接受某种糟糕的天气，只是习惯性地发发牢骚。他跟其他男生友好相处，但没有朋友，也很少尝试去交朋友。表面上的生活就是一连串无聊的习惯，他机械地完成着别人要他做的事，只对那些让他装作感兴趣的要求感到不满。他把精力都投入了幻想世界，他可没有精力在现实中挥霍。

在原子弹炸出的凹坑里，隐藏着一小块丰饶的国土。索是那里的总理。他住在一栋湖边老宅里面，周围是草坪和丛生的林木，湖里点缀着一些小岛。老宅又大又暗，透着安宁。走廊里挂着他的画作，图书室里摆满他写的小说和诗歌，大宅里还有工作室和实验室，当今最有才智的人想要过来拜访他的时候，就会在这里工作。外面，阳光和煦，蜜蜂在花丛和喷泉之间嘤嘤嗡嗡地飞舞着，此时正值夏秋之交，树木呈现出成熟的绿意，只有枫树是一片深红。政治方面的工作并未占用他多少时间，因为这个国家的人民对他满怀信心，要想推行一项改革，他只要提议一下就可以了。其实，他最大的难题是保持这个国家的民主制度，要不是他提出的社会主义准则不允许，他早就被加冕为王了。身为总理，他看起来有些年轻，只是一个青春期的男孩；但与此同时，他统治这片国土，已有几百年了。他是第三次世界大战的幸存者。有毒害的辐射杀死了他那个时代的大多数人，却颇为偶然地让他永葆青春。在破碎的大地上游荡了两三百年之后，他当上了一小帮人的首领，他们信赖他的和善和智慧。他把他们带到了这片凹地，这里的壁垒保护着它不被那些不幸的土地所觊觎，他在这里建立了一个没有疾病和贫困的共和国，在这里也没有人为了谋生，被迫从事自己痛恨的工作。不幸的是，他的国家被野蛮人的土地所环绕，那里的统治者是一些女王和暴君，他们总是密谋征服它，全靠他的勇气和才智，他的国土才没有沦陷。结果就是他经常被卷入战斗、救援和逃亡，在竞技场中与怪物搏斗，还有粗俗不堪的凯旋游行，他参与这些游行，只是不想伤害他拯救的那些国家的女王和公主的感情。这些冒险结束后，他就把主角们邀请到自己家里，因为他把自己印象深刻的每本书和每部电影的情节都兼收并蓄，所以在这栋湖畔大宅里总是有各个种族、国家和历史时期的名人济济一堂。在他那些陈设简朴的大房间里，他们惊讶于他那宁静友善的生活方式，认为他的生活要比他们的更加文明。他们看到他用一下午的时间，描绘新水库或大学的草图，他们由此了解到，统治者真正的职责何在。女性客人通常会爱上他，不过有些更粗野的女人会记恨他，因为他始终保持着一副彬彬有礼的淡漠态度，这份淡漠下面其实是深深的羞涩。他只有在营救女人的时候，才感到自己跟她们的距离很近，那些羞辱或折磨女人的恶棍往往对他满怀嫉妒。他所处的地位让他无法想象亲自去做这些事。但在放学回家或从公共图书馆回家的路上，这些冒险活动让他的头脑和胸膛充满陶醉的情绪，他不得不全力奔跑，才能舒缓这些情绪，他常常发现自己跑过了好几条街，却不记得街上的行人、房子或汽车是怎样的。

他的另一个幻想世界则会带来生殖器的快感。那是亚利桑那州的一个秘密金矿，被一伙控制着奴隶劳工的匪徒把持。索是匪首，他花了不少时间发明折磨奴隶的酷刑，还亲自对他们用刑。激发金矿这个点子的并非图书馆的藏书，而是美国漫画。他从不买这类漫画，只在店里摆出其他商品时，装出仔细观察它们的样子，同时鼓起勇气看看那些漫画诱人的封面，不过他有时候会从学校借回一本，在后面的卧室独处时，把人们遭到鞭打和烙印的画面偷偷描下来。他把这些画藏在卡莱尔的《法国大革命》里，别人不会去翻开这本书。

一天晚上，他跪在床边，把那些画摆在面前的被子上。他的生殖器又感受到了那种熟悉的紧绷，不过今晚因为姿势凑巧，他那变硬的阴茎碰到了支撑床垫的一根支架。这一接触在他体内激起一道又白又凉的神经电流，令他兴奋得难以自制，不得不越来越用力地按向电流的源头，直到什么东西喷射出来，勃起的生理反应方才消停下来，阴茎收缩变软，他感觉自己就像泄了气，体内空荡荡的。与此同时，他的头脑陷入了无力的呆滞状态，有些惊愕地思索着发生了什么，为什么自己只剩这点精力了。这时他看到那些画，不由心生嫌恶，于是他把它们拿到厕所，冲进马桶，然后解开了裤子。

一团灰色蛞蝓状凝胶落在他的肚子上，就在肚脐下面。它是透明的，里面好像有乳白色的细小丝缕和星河，闻起来有鱼腥味。他把身上擦干净，回到卧室，心里并不清楚刚才是怎么回事，但他能肯定，这与他班里同学们的窃笑、暗示和突然的沉默有关，本能的反感让他忽略了他们的那些表现。他感到麻木和嫌恶，发誓再也不想那些让他陷入这种状态的念头了。两天后，那些念头卷土重来，他没怎么抵抗就屈从了。

到了这时，他的幻想生活被每周三到四次的高潮给打断了。他在金矿里得到的快乐，一度无限期地延续了好长时间，因为它一直没有臻于极致。他画画或沉思了没多会儿，就被叫过去吃饭或者做作业，或者他愿意去散一会儿步，散步归来的他又会变成那个仁慈而成功的共和国总理。现在，只要想几分钟金矿的事，他的阴茎就会渴望着去触碰什么东西，如果拒不成全，它往往会自行爆发，在他裤子上留下一团黏糊糊的污渍，还有强烈的自我鄙薄，连他所有的幻想世界都在鄙薄的范围之内。他开始像疏离现实一样疏离幻想了。

哮喘复发了，而且那种重压的感觉越来越强烈，白天像石头一样压在他的胸口，夜里就像野兽的扑击。一天晚上，他醒了过来，感到野兽的爪子死死按着自己的喉咙，他马上从恐惧变得万般惊慌，从床上一跃而起，嘴里发出一声嘶哑的尖叫，他跌跌撞撞地来到窗前，把窗帘猛地拉开。金色小点般的月亮，一片灰蒙蒙的云彩悬在对面烟囱上方。他望着它们，就像望着不认识的文字一样，他又想放声尖叫。父母来到他的身边，把他轻轻按回床上。索先生牢牢抱住他，他母亲先给了他一片麻黄素，之后先后端来了热牛奶和热威士忌，在他喝的时候还帮他扶着杯子。他那受惊的喘息声变轻了。他裹着晨衣，倚着一堆枕头叉开腿坐着，他们离开了他。

恐慌达到最高点时，尽管一直盯着不相干的月亮，他心里却生出这样一个念头，他确信地狱比这还要糟糕。他没受过宗教教育，尽管他对上帝半信半疑（他在祷告的末尾说的不是"阿门"，而是"如果您存在的话"），但他完全不相信地狱的存在。现在他发现，地狱是真实存在的，痛苦是一种能让其他所有事实归于无效的事实。痛苦就像广阔无垠的大海，而足够的健康就像海面上的一层薄冰。爱情、工作、艺术、科学和法律就像在冰上玩的危险游戏，所有的住宅和城市都建在这层冰面上。这层冰脆弱易碎。支气管稍一收缩就能让他掉入水中，一个分裂的原子就能让一座城市归于沉没。所有宗教都是为证实地狱确有其事而存在，所有神职人员都是地狱的公使。他们怎么能顶着这样安详和善、好打交道的面容走来走去，假装他们也属于俗世生活的表层？他们的头颅应该是燃烧着地狱之火的火炉，他们脸上的皮肤应该被火烤干，像烧焦的树叶一样薄。麦克费德伦博士的脸突然浮现在他的眼前，就像它当初从岩石边缘探出来时一样突兀。他转向床边的书柜寻求帮助。书柜里装的是六便士或一先令的二手书，大多是传奇故事和幻想故事，也有一些大人看的小说和非虚构作品。不过现在，幻想已经变成了无聊的蠢事，诗歌变成了黑暗中的口哨，小说展现的是生命与它自身的痛苦做斗争，传记记录的是与残暴或衰老的结局做斗争，历史就像一条无头无尾、各种疾病层出不穷的虫子。有一个架子上放的是父亲的书，列宁和韦伯夫妇[1]的作品、《苏格兰工人阶级史》《人类从无信仰中得到的收获》《哈姆斯沃思百科全书》，还有登山方面的书。他伸出一只绝望的手，

---

[1] 韦伯夫妇（the Webbs，即 Sidney and Beatrice Webb），英国社会改革家，费边社成员，对英国的社会思想和制度影响很深。

从这些书里取下一本哲学通史，随便翻开一页，读了起来：

> 人类心灵的所有知觉分为截然不同的两类，我将它们称为"印象"和"观念"。二者的区别在于，它们冲击心灵并进入我们思维或意识的力度大小与生动程度不同。这些以最大力度闯入的知觉，我们可以称之为"印象"，我将我们的所有感觉、激情和情感归入印象名下，因为它们首先出现在灵魂之中。至于"观念"，我指的是它们呈现在思考和推理当中的模糊画面……

他看着书，心情放松下来，渐渐被带进一个由文字而非数字组成的世界，尽管如此，它的清晰明了和无关情感几乎能跟数学相提并论。许久之后，他从书上抬起头，看到乱糟糟的窗帘中间天空微微发白，远处传来隐约的音乐，那是一段优美的弹奏，它变得越来越响，最后就像从他头顶传来一般，然后又渐渐消失在远方。如果那是鸟鸣，未免太有节奏；如果是飞机发出的声音，又未免太悦耳了。他有些迷惑，但感到莫名安慰，安安稳稳地睡着了。

七点的时候，客厅里的闹钟响了，他的父母睡在客厅里的沙发床上。索先生吃完早餐，把自行车搬到楼下街上。索太太把一个托盘端进卧室，托盘上摆着粥、煎蛋、香肠、抹了果酱的黑面包和一杯茶。她看着他吃饭时说:"有没有好些,儿子?"

"好点了。"

"啊,等你到了学校,就全好了。"

"也许吧。"

"再吃片药。"

"我又吃过一片了。不怎么管用。"

"是你觉得它不管用!如果你想让它管用,它就**会**管用的!"

"也许吧。"

过了一会儿,他说:"无论如何,我今天不想上学。"

"可是,邓肯,再过两个星期就考试了。"

"我累了。我没睡好。"

索太太冷冷地说:"你是不是想告诉我,你**不能**上学了?昨天你的身体是不太好,但你去图书馆就没问题。做你想做的事,你就总是呼吸顺畅;做起正事来,你就喘不动气了。"

索费力地穿好衣服,洗漱完毕。索太太帮他穿上外套,说:"现在慢慢出门吧。现在教堂里正在进行第一阶段的仪式,所以你去晚点也没关系。老师们能理解。直起腰来。走路别像打开一半的小折刀似的。要直视这个世界,就像你拥有它一样。"

"我并未拥有分毫。"

"你拥有的跟别人一样多!只要你开动脑筋,学会如何考出好成绩,你就能拥有**更多**。你有一副好脑瓜。

这是你的老师们说的。他们愿意帮助你。你为什么不愿意接受帮助呢？"

祷告没有特定的姿势。大伙按照各自的意愿，双腿或分开或并拢地坐着，双臂交叠，双手紧扣或双拳紧握，不过大家都紧闭双眼以示全神贯注，都低着头以示尊重。索不再闭眼已经有好长一段时间了，但他还不敢抬头。今天因为来得晚，加上呼吸不畅，他心里满不在乎，在一段漫长的祷告中间，他不耐烦地抬起了头。他坐在一侧的边座上，可以清楚地俯瞰会众、唱诗班、牧师和校长伏低的脑袋，牧师在讲台的八角塔里，校长在讲台脚下。牧师是个圆脸的男人，他的脑袋随着每个乐句摇摆着、轻点着，而他那专注闭紧的眼睛给他的脑袋带来一副盲目、空洞的神情，看起来就像一只飘浮在风中的气球。索突然感到，有人在看自己。在对面的边座那一排排伏低的脑袋中间，有一个竖着的脑袋，那人略显笨拙，几乎面无表情，如果说那张脸的主人注意到了自己（索也不能肯定是否如此），那他也只是露出一抹讽刺的微笑而已。那张脸上的某些地方让索觉得，自己认得这个人。当天晚些时候，老师把这个陌生人介绍给全班同学，说他叫罗伯特·库尔特，是从加恩加德初中升入怀特希尔高中的。他很容易就融入了班级，轻松交到了朋友，把索学不会的课程掌握得相当不错。如果意外相遇，他和索就会尴尬地互相点点头，其他时候则会彼此视而不见。有一次,在科学教室,学生们在老师过来之前站在位子旁边聊着天。库尔特来到索身边,说:"你好。"

"你好。"

"近来好吗?"

"还不赖。你呢?"

"啊,还凑合。"

沉默片刻之后,库尔特说:"你介不介意换一下座位?"

"为什么?"

"嗯,我想凑近些看……"库尔特指了指凯特·考德威尔,"毕竟,你对这类事不感兴趣。"索拿着课本去了库尔特的座位,心中充满怒火和沮丧。没有什么能让他承认自己对凯特·考德威尔也有兴趣。

有一天,考完试后,老师们坐在讲桌旁批阅试卷,学生们有的看漫画,有的下棋,有的打牌,有的扎堆小声聊天。库尔特坐在索前面的课桌,他转过身来说:"你在看什么书?"

索亮出一本文艺评论文集。库尔特用指责的口吻说:"你看这本书,可不是为了获得乐趣。"

"我看它就是为了获得乐趣。"

"我们这个年龄段的人才不会看这种书取乐。他们看这种书是为了彰显优越感。"

"可我在别人看不到的时候也看这种书。"

"那说明你不是想让**我们**认为你更优秀,你是想让你自己认为你更优秀。"

索挠了挠头,说:"这话够机智的,可惜事实并非如此。你在看什么书?"

库尔特亮出一本杂志,名叫《惊异科幻》,封面上画着一些长有触手的生物,在一片丛林空地上操纵着一台机器。机器射入天空的绿光切开了一颗貌似地球的星球。索摇摇头说:"我不怎么喜欢科幻小说。太悲观了。"

库尔特咧嘴一笑,说:"就因为悲观我才喜欢。有一天,我读了一个很棒的短篇,叫《约翰逊上校履行了职责》。这位美国上校躲在地下数英里深的藏匿点。他是第三次世界大战的负责人之一,这场战争完全是靠按按钮来完成的。当然,地面上的人全死光了,就连好多军人的藏匿点,都被能凿穿地面的特殊火箭弹给炸毁了。好吧,这位约翰逊上校已经有好几个月无法与友军取得联系了,因为只要你一用无线电,这些特殊火箭弹就会计算出你的藏匿点在哪儿,然后飞下来轰炸你。不管怎样,这位约翰逊上校发明了一台机器,能够通过探测脑电波,发现人们的所在位置。他用这台机器对美国进行了扫描。结果一无所获。美国人都死光了。他又试了试欧洲、非洲、澳大利亚。那儿的人也都死了。然后他试了试亚洲和这边,全世界只剩另一个人还活着,他在一座俄国城市里。于是上校坐上飞机,飞往俄国。他飞过的一切都了无生气——植物、动物,所有东西都不复存在了。他在这座俄国城市着陆,走下飞机。当然,一切都毁灭了,但他还是蹑手蹑脚地前进,直到他听到另一个人在这栋楼里活动。他有八年不曾见到另一个人类了,他孤独得都快发疯了,明白吗,他希望在自己死前能跟另一个人说说话。那个俄国人从楼里走了出来,约翰逊上校开枪打死了他。"

"可为什么?"索说。

"因为他接受的训练就是杀死俄国人。你不喜欢这个故事?"

"我觉得这是个烂故事。"

"或许是吧。但它忠于生活。你放学以后都做什么?"

"我去图书馆,也可能去散会儿步。"

"我跟默多克·缪尔和大山姆·兰一起去城里。我们制造骚乱。"

"怎么做?"

"你知道西区公园吗?"

"美术馆旁边那个公园?"

"对。嗯,这座公园跟别的公园不一样,夜里不锁门,人们可以从公园里走过去。公园里有几盏灯,但不多。大山姆会站在灌木丛旁边,点上一支烟,要是有人经过,我们就从灌木丛里冲出来,假装猛踹大山姆的肚子,他挥舞着拳头,把我们全都打倒在地,我们在地上翻滚着,破口大骂。其实我们谁也不碰谁,不过在黑暗中,看起来很像那么回事。那些小妞会尖叫着跑去报警。"

"警察不会来吗?"

"没等警察过来，我们就溜之大吉了。默多克·缪尔的老爸就是警察。我们把这件事讲给他听，他放声大笑，说要是他逮到我们，会怎么收拾我们。"

索说："这是反社会行为。"

"或许是吧，但这很正常。比你独自散步正常多了。得了，你就承认吧，改天晚上你会跟我们一起去。"

"我才不会去呢。"

"承认吧，比起艺术评论，你更喜欢看那本漫画书。"

库尔特指了指邻桌的漫画书封面。上面有个身穿泳装的金发女郎，被一只巨蟒缠绕着身体。索张开嘴，想要否认这话，然后皱了皱眉，又把嘴闭上了。库尔特说："得了，这幅画能让你的阴茎立起来，不是吗？承认吧，你跟我们是一样的。"索去下一间教室的时候，心里既惊慌又迷惑。"这幅画能让你的阴茎立起来。承认吧，你跟我们是一样的。"他想起很久以前，他听后又小心忽略的一些话："我不介意在黑屋子里摸摸她的肚子。"

他从四岁起就知道，婴儿是从母亲肚子里孵化出来的。索先生详细描述过胎儿的发育过程，索一直以为，大多数女人只要过了某个年龄，这一过程就会在她们体内自然而然地发生。他接受了这一认识，就像他接受父亲讲述的物种起源、太阳系起源一样：这是一件有趣、机械、不怎么神秘的事情，人们可以加以了解，但并不能施加影响。后来他听到或读到的内容，都没有提到爱情、性爱和生育之间存在必然联系,所以他始终不认为其中有什么联系。性爱是他蹲在卧室地板上发现的东西。它那么恶心,只能悄悄满足,不能向别人提起。它靠残酷的幻想来滋养自己,在高潮中射出凝胶般的东西,将他撇在软弱而孤独的感受之中。它跟爱情毫无关联。爱情是他对凯特·考德威尔的感觉,他希望接近她,做一些让她欣赏自己的事。他掩饰着这份爱,因为一旦它变得众所周知,他就会在别人和凯特本人面前陷入不利的境地。他为此感到羞愧,但并不感到恶心。现在呢,在库尔特那些话的影响下,他心目中对爱情、性爱和生育这三者毫不相干的认知,突然开始合而为一。

他穿过公园里的小山时,听到空中传来悦耳的震动声。五只天鹅排成V字形,从他头顶飞过,它们的振翅声和啼叫声汇成了一支乐曲。它们放低脚掌,落在他的视野之外,就在遮挡着划船池塘的那些树后面。后面几天,他存了一些多余的面包屑,在上学路上把它们撒进池塘里。一天早上,他看到了一些东西,让他在岸边停留了比平时更长的时间。在小岛旁边,两只天鹅十分专注地彼此相对,他还以为它们要打架。它们张开翅膀,从水中升起,尾巴都快露出水面了,它们把胸口抵在一起,然后是它们的额,然后是它们的喙。它们扬首向天,将颈项缠绕起来,然后将颈项松开,各自向后盘曲,彼此就像对方的镜像一般。它们用身体一再做出希腊里拉琴和文艺复兴时代银器的形状，然后又恢复原状。突然，其中一只打破了这种模式，灵巧地滑到另一只的背后，骑上雌天鹅的尾巴，将自己的身体上下冲刺，而雌天鹅扑打着翅膀，一次次陷入水中，荡起水波。它们从旁边经过时，索看到雄天鹅用喙把雌天鹅的脑袋压入水中，也许是为了让它更温顺一些。它们在湖边分开了，直起脖颈，不无冷淡地各自游开了。雌天鹅的羽毛更凌乱一些，它正在重新梳理羽毛，而雄天鹅在远处的岸边，开始无精打采地寻觅小鱼。

十分钟后，索心里充满灰暗的沮丧情绪，站到了操场上的队伍里。在班里，他冷冷地望着同学老师，尤其是凯特·考德威尔。他们都是虚假表面的一部分，这一次它之所以可怕，不是因为它脆弱易碎，无法将地狱隔绝在外，而是因为它是透明的，无法掩藏下面的污秽。那天晚上，他跟库尔特沿着运河的岸边散步，给库尔特讲了天鹅的事。库尔特说："你见过蛞蝓做这种事吗？"

"蛞蝓？"

"对，蛞蝓。当初，我在金洛克鲁阿那边，住在麦克塔格特家的农场里，一天早上，刚下完雨，我从屋里出来，草地上到处都是成双成对的蛞蝓。我把它们分开，再把它们放到一起，好看一看它们是怎么做的。它们可真像人类。比你看到的天鹅像多了。"

索一动不动地站了一会儿,然后大声喊道:"求上帝成全,让我终其一生,都不想要另一个人!求上帝成全,让我能……"

他顿了顿,想起最近在生物课上学到的一个词。"……自我繁殖!哦,我主上帝、造物主、天堂与地狱的维持者,让我能自我繁殖吧!如果您存在的话。"库尔特有些敬畏地望着他,然后说:"有时候你真的吓到我了,邓肯。你说的那些话根本不正常。它们都想凌驾于普通生活之上。"

第 17 章　答案

　　索先生先是做劳工，后来在一家给城市周边建房的公司当工资发放员。朝鲜战争开始了，生活成本大幅增加，索太太找了份下午当店员的工作。她开始感到疲惫不堪，心情抑郁，她的医生认为是生活的变化所致。晚上，收拾完茶具什么的，她会做些缝缝补补的活儿，偶尔会看看索，索皱着眉头瞅着课本，用手指摸着额头或脸颊。他的走神招来了她的批评。

　　"你没在用功。"

　　"我知道。"

　　"你该用功了。马上就要考试了。要是你不打算考过，你就不会考过。"

　　"我知道。"

　　"只要你努力就能考过。你的老师们都说你能行。而你坐在这里无所事事，你会让我们都因为你而蒙羞的。"

　　"恐怕是这样。"

"那就做些什么吧！还有，别抓了！你坐在那儿，把脸抓出左一个右一个的包，最后就像一坨生肉。要是你不替自己或我着想，那也应该替你妹妹露丝想想。她有个哥哥，像罗锅一样在学校周围晃来晃去，她也够丢脸的吧。"

"我拿哮喘没辙。"

"才不是这样，只要你按照皇家医院理疗师的叮嘱，进行体育锻炼，你就能像正常人一样走路了。医生让你每天早晚各锻炼五分钟。你锻炼过几次？就一次。"

"两次。"

"两次。为什么？为什么你不愿意改善自己？"

"我想是懒惰吧。"

"哼！"

索又装作在钻研一页数学课本，却发现自己琢磨起了他跟首席英语教师的一场谈话，他们聊的是学校里的课程。索说很多课程既无趣也不实用。米克尔先生若有所思地望着全班学生伏低的后背和脑袋，说："记住，邓肯，等大多数人毕业离校，他们必须靠工作谋生，他们并不喜欢那份工作本身，它的实际用途也不在他们的掌控范围之内。除非他们学会只遵照吩咐，而不是由于别的什么原因，就老老实实地干活，否则他们是无法适应人类社会的。"

索叹了口气，拾起课本，读道：

一个男人和他的妻子每隔一天交替使用同一管圆柱形的牙膏刷牙。整管牙膏的内径为3.4厘米，挤出牙膏的管口内径是它的8%。此人每次挤出一段长度为1.82厘米的牙膏使用，他的妻子每次挤出3.13厘米的牙膏使用。假设这管牙膏从1月3日用到了3月8日（含当天），男人先用，求整管牙膏的长度，精确到毫米。

一股歇斯底里的怒意攫住了他。他丢下书，揪住自己的脑袋，揉搓着，抓挠着，把头发弄乱，直到他母亲喊道："住手！"

"可这简直荒谬！简直可笑！简直让人不、不、不、不、不"——他哽住了——"不堪忍受！我不明白，我学不进去，这对我有什么好处？"

"它能让你通过考试！这就是它需要兑现的全部好处！等你拿到高中毕业文凭，你就可以把它全部忘光！"

"为什么他们不考我一边倒立，一边用脚蹬着椅子维持平衡？那样的作业说不定还能增进我的健康。"

"你真的以为，你比那些研究了一辈子课程的老师和校长，更清楚什么对你更好？"

"是的。是的。我确实更了解自己需要什么。"

索太太把一只手放在腰间，用奇怪的声调说："哦，该死的地狱！"接着她说："我究竟为什么要生孩子？"然后她哭了起来。

索担心起来。这还是他第一次听到母亲咒骂,第一次看到她哭,他尽量让自己听起来显得理智而冷静。"妈妈,我能不能通过这些考试都无关紧要。只要我离开学校,找到工作,你就不用这么辛苦了。"

索太太擦了擦眼睛,接着缝补起来,她把嘴唇紧紧抿着。过了一会儿,她说:"你能找到什么工作?当跑腿的听差?"

"肯定还有别的工作。"

"比如说?"

"我不知道,但肯定有!"

"哼!"

索合上书,说:"我出去走走。"

"这就是了,逃避吧。男人总能逃避工作。女人从来都不行。"

天还亮着,但街上已经暗了下来,路灯也点亮了。跟他同龄的男孩三五成群地在人行道上闲逛着,女孩们两两结伴地走着,咖啡馆门前,成群结伙的男男女女有说有笑。索感觉自己低人一等,还颇为显眼。无意中听到的低语,像是在取笑他为防范别人批评装出的心不在焉的样子。无意中听到的笑声,像是在笑他那头从不梳理、直立着的头发。他快步走进店面更少的街道,这边的人们不知为何聚在一起。夜色渐浓,他的自信也有所增强。脸上流露出有点像狼的坚毅神色,他的脚步坚定地落在人行道上,大步流星地从巷口搂搂抱抱的男女身边走过，他感到自己因为一个坚定的目标而变得孤独，让他连人最基本的欲求都无法满足。他很难把这个目标解释清楚（毕竟他只是在茫无目的地行走）。但有时他觉得，自己是在寻找那个答案。

那个答案短小而明确，但它既适用于全体，也适用于特例。一旦找到它，所有难题都将迎刃而解：哮喘、家庭作业、在凯特·考德威尔面前的羞涩、对核战争的恐惧。那个答案能将一切痛苦、无用和错误，转化为喜悦、和谐和美好。因为他觉得，它是一两句话就能容纳的东西，所以他去公共图书馆寻觅过，但他很少去看科学或哲学的书架。那个答案必须是心灵能够马上辨认出来的，而不是靠推论得出和证明的。它也不能是一篇宗教文章，因为它的发现会让教会和神职人员变得多余。它也不是诗，因为诗本身已经太过完整和完善，没法再把别的东西变得完整和完善了。那个答案是如此简单明了，所以才一直被人视而不见，它也不太可能是某个专家成功得出的结论，更有可能是某个单纯愚钝的人无意间提到的话。于是他在传记和自传、通信、历史书和游记中搜寻过，在过时医学著作的注解中、在维多利亚时代博物志的索引中搜寻过。最近，他觉得那个答案更有可能在夜间的街头漫步中找到，印在从被炸毁的工厂碎石堆里飞出的纸片上，或者在一条黑魆魆的街上，某个人突然从窗口探出身子,将答案低声透露。

当晚,他来到一片荒地,这是被众多廉租公寓包围在中间的一座山丘,这里二十年前就是郊区。小山的黑色轮廓在不那么黑的天空中留下弯曲的剪影,篝火的黄色火花在山顶下面闪烁着。他离开暗淡的煤气灯照明的街道,往山上爬去,感受着粗糙的草叶摩擦着鞋子,有时脚下会踩到碎砖头。等他走到火堆那儿,火势已经很弱了,只剩一堆烧焦的木棍和布头上的几个小火苗。他在地上摸索着,找到一些硬纸板和废纸,把它们跟他拔的一把枯草一起添进火里。高高的火焰蹿了起来,他在火焰照亮的光圈外看着。他想象着其他人逐一赶来,站在火堆周围,围成一圈。十或十二个人到齐之后,他们就会听到沉重的翅膀拍击声。一个黑色的身影会从他们头顶飞过,落在黑魆魆的山顶,这位信使会带着答案向他们走来。火堆熄灭了,他转过身去,俯瞰着格拉斯哥。看不到什么坚实的东西,只有灯光——宛如破碎项链的路灯,由光组成的手镯,电影院的霓虹灯招牌就像用银和红宝石做成的胸针,交通灯就像闪闪发亮的红宝石、翡翠和琥珀——它们都像散落在黑暗中的珍宝,熠熠生辉。

他下了山,回到昏暗的街道上,从最昏暗的一条街钻进一条过道。楼梯很窄,灯光很暗,有股猫尿味。在中间楼梯平台上的一扇厕所门前,他从两个跪在毯子上玩发条玩具的小孩身上迈了过去。顶端楼梯平台上有三扇门,一扇门上有块铭牌:金色的葡萄叶子里有用哥特字体书写的"福布斯·库尔特"字样。铭牌上镶着玻璃,因为年深日久,滋生的霉菌把玻璃内侧弄得斑斑点点。一个小个子女人打开了房门,卷曲花白的头发就像酝酿着暴风雨的阴云。她哀戚地说:"罗伯特在厕所呢,邓肯,你进屋等等吧。"

索穿过碗柜大小的前厅,走进一间整洁、舒适而拥挤的房间。衣柜、餐具柜、餐桌椅占去了不少空间。一扇高高的窗户前有个水槽,旁边有个煤气炉。天花板上的滑轮晾衣竿上晾着衣服,衣服在壁炉上投下一团阴影,桌上摆着剩饭。

库尔特太太开始把盘子收进水槽,索在炉火旁边坐下,盯着门口附近的壁床。库尔特的父亲躺在那儿,他的肩膀底下垫着枕头,他那张满面皱纹、失明、痛苦忍耐的大脸朝屋里微微侧了侧。

索说:"你好些了吗,库尔特先生?"

"从某个方面说,是的,邓肯;不过从另一个方面说,没有。你在学校里怎么样?"

"我的美术和英语还不错。"

"美术是你选的专业,对吗?过去我也画一点画。在三十年代的时候,我们当中有几个人——你要知道,我们当时都没工作——每个星期四晚上,都会在布里格顿路口附近的一间屋里聚一聚,我们会从美术学校邀请一位老师或一名模特过来。我们自称为布里格顿社会党人美术俱乐部。你有没有听说过尤恩·肯尼迪？那个雕塑家？"

"我拿不准，库尔特先生。也许听过。我是说，这名字挺耳熟的，但我不敢肯定。"

"他就是我们当中的一个。他去了伦敦，发展得不错。一年前……不。等一下。"

索望着库尔特先生粗糙的大手，它静静地搁在被子上，两根手指中间夹着一支烟，烟的尖端已经烧焦了。"那是三年前了。他的名字刊登在《快报》上。他要为英格兰某个城镇做一座温斯顿·丘吉尔的半身像。我读到这篇报道时，心想我以前还认识你呢。"

库尔特先生哼着一支沉静的曲调，然后说："我父亲是个画作装裱师。当年他什么活儿都干，雕刻木头，给它镀金，有时甚至还去挂画。如今在美术馆，肯定还能看到他的一些工作成果。我以前经常帮他挂画。挂画本身就是一门艺术。我想给你讲的，是我去格林公园那儿的蒙蒂思路上一户人家挂画的事。如今那里变成了贫民窟，但以前，格拉斯哥最富有的人就住在那些宅子里，我年轻的时候，他们当中有些人还留在那儿，我说的这栋宅子是造船公司'贾丁和贝蒂'的贾丁的家。小贾丁是个律师，后来变成了市长大人，他儿子后来成了小流氓，不过这个无关紧要。我要把这些画挂在门厅里，门厅的地上铺着大理石，墙上镶着橡木板。画框是用胡桃木雕刻的，表面铺满金箔，但门厅里挺暗的,因为它没有窗户,只有一扇装着彩色玻璃,因此完全不顶用的小天窗。收工以后,我打开前门,走下台阶,来到外面的人行道上,站在那儿,透过打开的房门往里面望去。那是初春的一天早晨,天还很冷,但阳光已经很明亮了。一个姑娘走了过来,她说:'你看什么呢?'我指着门后说:'你瞧那个。多像值一百万美元的样子。'当时阳光照进客厅,金色的画框在墙上闪闪发亮。看上去真像值一百万美元。"

库尔特先生微微一笑。

库尔特走了进来,说:"哈啰,邓肯。哈啰,福布斯。福布斯,你的烟灭了。我帮你点上好吗?"

"如果你愿意的话就点上吧。"

库尔特拿出一根火柴,点上香烟,然后来到水槽那儿,用一只胳膊搂着母亲的腰说:"我的小妈妈,给支烟好吗?你给了我爸一支烟,也给我一支吧。"

库尔特太太从围裙口袋里掏出一盒烟,递了过去,嘴里抱怨着:"不过你还不到抽烟的年龄。"

"是啊,不过我的小妈妈没法拒绝我的一切要求。这两个人一直在聊艺术吗?"

"是啊,他们一直在聊艺术。"

"好了,索,我聪明的朋友,咱们做什么好呢?是下棋,还是沿着运河边散散步?"

"我不介意去散散步。"

他们走在纤路上,聊着女人。库尔特丢下了他在家里强颜欢笑的模样。索说:"我能接近她们的唯一时间,就是我在辩论社发言的时候。那时,就连凯特·考德威尔也会注意到我。昨晚,她坐在前排,大张着嘴巴,瞪大眼睛,盯着我看。我觉得自己无比机敏睿智,就像国王之类的人物。现在上数学课的时候,她坐在我身后了。我为此作了一首诗。"

他停了下来,希望库尔特让他念念那首诗。库尔特说:"在我们这个年龄,每个人都为女孩子写诗。这是人们说的一个阶段。就连大山姆·兰都写了有关女孩的诗。我偶尔也会——"

"别在意。我喜欢我的小诗。鲍勃[1],我问你件事,你能保证告诉我真话吗?"

"随便问吧。"

"凯特·考德威尔对我着迷吗?"

"她?对你?没有。"

"我觉得她也许有点迷恋我。"

"她是个小摸女。"库尔特说。

"什么?"

"让男人摸来摸去的女人。五年级的莱尔·克雷格应该已经把她牢牢掌控了,上星期五我看到她在丹尼斯顿舞厅旁边的一条巷子那儿,被一个硬汉摆弄。"

"摆弄?"

---

[1] 罗伯特的昵称。

"摸来摸去。她就是个小——"

"别用那个词!"索喊道。

他们默不作声地走着,最后库尔特说:"我不应该告诉你这个,邓肯。"

"不过我挺高兴的。谢谢你。"

"抱歉告诉了你。"

"没事。我想知道每一个障碍,存在着的每一个障碍。这些障碍有:我魅力不够,没钱带她出去,不知道该跟她聊什么。现在看来,她是个卖弄风情的人。要是我接近她,她又会转到别人那儿去,一直转个不停。"

"或许先从凯特·考德威尔开始是个错误。你应该先找别的什么人练练手。拿我的姑娘练习吧,大琼·黑格。"

"你的姑娘?"

"好吧,我只跟她出去过一次。喜欢她的人可不少。"

"她是什么样的人?"

"她的后背就像全能摔跤手。她的胳膊跟我的大腿一样粗,她的大腿跟你的腰一样粗。搂着她就像陷进一张大沙发里。"

"你把她说得可没什么吸引力。"

"大琼是我知道的最有吸引力的姑娘。她很带劲,她让人感觉轻松。邀请她去参加三年级舞会吧。"

索想起琼·黑格了。她是个阴沉着脸的姑娘,并不像库尔特瞎掰的那么壮硕,但她没能升入三年级,所以被称为大琼，以区别于她周围那些发育不如她的女生。索觉得自己很有兴趣。他说："大琼不会跟我跳舞的。"

"她有可能会。她并没有喜欢上你，不过她对你的名声很好奇。"

"我还有名声？"

"你有两种名声。有人说你是个心不在焉的教授，完全没有性生活；另一些人说，那是你的伪装，你有着全校最下流的性生活。"

索抱着脑袋，一动不动地站着。他喊道："我看不到出路，看不到出路。我想跟凯特亲近，我想被她重视，我觉得我想跟她结婚。这没用的想想想，有他妈的什么好处呢？"

"别以为你只要跟她结婚，你的问题就解决了。"

"怎么不行？"

"性交可不只是插进去，四处搅动。你必须掌握好时机，在你全力推进的时候，让她刚好准备接受。如果你把握不好这种时机，她就会生气，对你失望。你需要做大量的练习，才能把握好。"

"考试！"索喊道，"全都是考试！难道我们做每件事都是为了取悦别人，而不是它本就值得去做？难道我们因为享受而做的每件事都是自私和无用的？小学、中学、大学，他们已经把我们人生的前二十四年编好了号，我们要想进入下一年，必须先通过一场考试。我们做的每件事都是为了取悦考官，从来不是为了获得乐趣。他们允许我们享受的唯一乐趣就是心怀期待：'考完试之后，情况就会好起来。'这是谎话。考完试之后，情况也没有变好。你以为爱情是不一样的。哦，不对。爱情必须学习、练习、掌握，也有犯错的可能。"

"你今晚可真够雄辩的，"库尔特说，"你差点就把我变得跟你一样糊涂了。不过还没有。你瞧，其实这两者之间并没有真正的联系——"

"那是什么？"

"那个？是一个小孩在唱歌。"

他们在一道用旧铁路枕木扎成的篱笆旁边，篱笆就竖在纤路边上。篱笆另一侧，有个清晰、细小、不成调子的声音唱道：

> 我在美国有个小伙，
> 我在大洋彼岸有个小伙；
> 我在美国有个小伙，
> 他一定会娶我。

他们透过枕木上的缝隙往里望去，那边是一条公路，公路一侧是运河堤岸，另一侧是一家货仓，装有黑色栅栏的窗户。一个小女孩在一边跳绳，一边在灯光下唱歌给自己听。库尔特说："那孩子太小了，这么晚应该去睡了。你笑什么？"

"我刚才觉得,她的话也许就是答案。"

"什么答案?"

索就答案解释了一番,以为库尔特听后会感到心烦,就像听到他的大多数不着边际的想法一样。库尔特皱起眉头,说:"答案必须是文字吗?"

"还会是什么?"

"战争期间,我在金洛克鲁阿那儿和老麦克塔格特待在一起,我记得有两三天晚上,可以把星星看得清清楚楚。在乡下总能看到更多星星,尤其是寒冷刺骨的时候,夜空中简直布满了星星。我感觉到了这个……离我越来越近了,我差一点就能得到它了,不过就在我试图思考它究竟是什么的时候,它消失了。这种情况发生过不止一次。"

"我不知道你指的是什么。它是哪类事物?它跟你相信的一切有关系吗?你能用它来检验事物吗?"

"它什么也检验不了。我觉得,它是一种感受。它温柔而恒久,比起别的,更像是一位朋友。"

索想不出类似的体验,感到颇为羡慕。他说:"听起来有点多愁善感。你只有在看星星的时候,才能感受到它吗?"

"只有那种时候可以。"

索仰望天空。尽管乍看之下,天刚刚擦黑,但他的目光渐渐将天空分解出了褐色和紫色,映衬着市中心的地平线那边呈现出暗橙色。索说:"怎么会是这样的颜色呢?"

"我觉得，这是由于灯光被空气中的烟尘反射回来了。"

他们走到两家正中间的那个位置，就此道别。索独自走出几步之后，听到身后传来喊声。他回过身来，看到库尔特挥手喊道："别担心！别担心！让凯特·考德威尔见鬼去吧！"

索往前走去，他心里浮现出凯特·考德威尔面带微笑，向他发出召唤的完美形象。绝望的愁云惨雾包围着这个形象，最后他不得不停住脚步，大口喘息。运河对岸矗立着布洛柴恩钢铁厂的巨大库房。厂里传出沉闷的砰砰声和哐当声，厂房上方的天空中闪烁着橙色的光焰，黑沉沉的运河汩汩流淌着，丝丝缕缕的蒸汽在河面上跳着华尔兹，飞进纤道上方的一团烟云中。一道高高的栏杆将小路和亚历山德拉公园分隔开来。他深吸一口气，冲向栏杆，抓住最顶端的两根尖钉，把身体拉了上去，然后跳下去，落在高尔夫球场里。他沿着平坦的球道奔跑着，心中充满喜悦和犯罪的刺激感，他来到这样一片场地：在宝塔状的装饰性喷泉周围，柔顺的草皮上栽种着不少树木。灰色草坪上模糊不清的大片雏菊，还有那些树木和喷泉的黑色剪影，都跟几小时前他在上学路上看到的模样截然不同，这让他感到颇为兴奋。他跨过"勿踏草坪"的牌子，往他经常想爬的一棵树跑去。树身最底端的十二英尺没长树枝，但树身粗糙不平、弯弯曲曲，他借着方才让他翻过栏杆奔跑的那股冲劲,爬到高处,跨坐在一根高高的主枝上,用胳膊环抱着树干。他想起了那些讲女精灵生活在树里的希腊传说。不难想象,他怀抱着的树干里就有一个女人的胴体。他搂着它,把脸贴在上面,低语着:"我来了。我来了。你出来好吗?"他想象着女性的胴体紧贴在树皮的另一侧,她的嘴唇努力地迎向他的嘴唇,但他只感受到了树皮的粗粝,于是他松开手,向上爬去,直到树枝在他脚下摇来摇去。头顶上方是混合着紫色与褐色的天空,透出一两点星光。他试着从星光里感受某种温柔、恒久和友善的东西,直到他感到这样荒诞无稽为止,然后他从树上爬下来,往家走去。

索太太给他开门。她说:"邓肯,你怎么弄得这么脏?"

"哪里脏了?"

"你的脸跟锅底一样黑,浑身都跟锅底一样黑!"

他去浴室照了照镜子。他脸上沾满煤尘,尤其是嘴巴周围。

第18章　大自然

金洛克鲁阿旅馆的女经理是索太太的朋友，她邀请索太太的孩子们去北边过暑假。一天早上，他们在布鲁米劳大道的一家汽修厂登上一辆巴士，巴士带着他们穿过仓库和廉租公寓投下的阴影，驶入艳阳高照、两侧绿树成行的宽阔大西路。他们飞速掠过维多利亚时代风格的露台、花园和旅馆，掠过商人的别墅和市政公寓项目，来到一片（尽管露天却）不能被称为乡下的地方。新工厂矗立在长满杂草和蓟的地皮上，山坡上竖立着一簇簇架设高压电缆的铁塔，铁丝网围栏保护着一排排盖满草的穹顶结构，这些穹顶结构由金属管道衔接在一起。他们左侧的克莱德河变宽了，变成了河口湾，浮标和小小的灯塔标示出中间的水道。一艘长长的油轮夹在几艘拖船中间，跟着队列一起驶向大海，一艘开往相反方向的货船从它旁边驶过。右侧的小山变得更陡峭，也更贴近，公路就夹在大河和林木繁茂的悬崖峭壁中间，然后他们看到，前方就是邓巴顿的那块巨石，它支撑着那个古老的要塞，远高于城镇里的那些屋顶。巴士向北转入利文山谷，有时行驶在农田中间，有时穿过工业化村庄的弯曲街道，然后来到面积广阔、波光粼粼的洛蒙德湖，沿着它的西岸驶过。小岛上有树木、农田和村舍，俨然是周围陆地掉落的碎片，洛蒙德山的大头和肩部在湖对岸赫然耸现。农田把位置让给了石楠，岛屿变得狭小多石。大湖变成了高山之间的狭长水路，盘曲的公路从山脚下的树木和大石中间穿过。

巴士满载着去北边度假的人。登山者们坐在后面，唱着粗俗的登山歌谣，索把额头抵在凉凉的车窗上，心里感到绝望。离家时，他已经服用了一片麻黄素，上车时还觉得很舒坦，不过一过邓巴顿，他就开始觉得憋气，现在他集中精神感受着震动的车窗玻璃给头骨带来的疼痛，尽量忽略憋气的感受。窗外掠过的地面，有新绿色，也有死灰色：灰色的公路、峭壁和树干，绿色的树叶、草、欧洲蕨和石楠。他的眼睛受够了死灰色和新绿色。黄色和紫色的斑点是路边偶尔出现的野花，它们就像在每种乐器反复奏响两个相同音符的管弦乐队里，发出的细小而尖锐的不协和音。露丝说："不舒服吗，我的哥哥？"

"有点。病情加重了。"

"开心点吧！等我们到了，你就好了。"

"没那么简单。"

"啊，你太悲观了。我能肯定，要是你不这么悲观，就不会这么难受了。"

巴士在格伦科的一个山坡上停了下来，让登山者们下车，司机告诉乘客可以下去活动五分钟。索费力地下了车，坐在路边太阳晒热的一块草皮上。露丝跟登山者们站在一起，他们纷纷从行李箱里取出背包，露丝在跟她以前陪父亲爬山时认识的一个人聊天。其他乘客在闲聊，打量着周围的山峰，有的面露满意之色，有的不豫中透着茫然。一位老人家对身边的人说："风景真美，风景真美。"

"你说得对。假如石头能说话，它们会给我们讲好些故事，不是吗？我敢打赌，它们会给我们讲好些故事。"

"是啊，老苏格兰的壮丽正是源于这样的风景。"索抬头望去，看到庞大而原始的山岩，饱经时光和风雨的刀削斧凿。碎石从最高处的裂缝中倾泻而出，铺满石楠丛生的斜坡，像是倾倒在矿渣堆上的垃圾。一个男孩和一个女孩穿着短裤和登山靴，沿着公路从他身边大步走过，男孩背着一个小帆布包，在他双肩之间颠动着。巴士旁边的登山者们在他们后面欢呼着，吹着口哨；两人牵起了手，咧开嘴笑着，一点也不觉得尴尬。男孩的自信，女孩平凡的美，两人的怡然自得，仿佛给了索一记重击，让他感到既愤怒又嫉妒，几乎窒息。他怒视着身边草皮上的大片花岗岩。岩石上长着一块块地衣,地衣的形状、颜色和厚度就像他头天晚上从大腿上抓掉的硬痂。他想象着,地衣那细微的根须,扎进貌似坚实的表面上细小难辨的气孔,把气孔变得更大更深。"岩石的疾病,"他心想,"物质就像我们一样,也会生病。"

回到巴士上,露丝说:"刚才那是哈里·洛根和希拉。他们打算搞定布阿柴尔峰,然后在卡梅伦的小屋过夜。我不介意跟希拉换换,不过仅限白天。晚上就算了。"她笑了起来,然后说:"你很难受吗,邓肯?为什么不再吃一片药?"

"我已经吃过了。"

十分钟后,他意识到,哮喘已经发展得更重,药物已经不管用了,他开始用自己仅存的另一种武器与之抗衡。他回到自己的内心,回想着他在商店橱窗和美国漫画中看到的画面:一个近乎赤裸的金发女郎面露笑容,仿佛她的胴体只是一个她愿意与别人一起分享的笑话;一个神情畏缩、衣衫不整的姑娘,眼睛和嘴巴都忐忑不安地张开着;一个大胸女人双腿分开,两手叉腰,那阴沉而自私的凝视仿佛在鼓励那种最自私不过的侵犯。他的阴茎变硬了,他的呼吸也变得轻松了。他心目中的画面定格在最后这个女人身上,她的面容变成了大琼·黑格的脸。他想象着,自己跟她在这辆巴士穿行其间的荒山野岭里相遇。她穿着白色的衬衣短裤,但没穿登山靴,而是穿着高跟鞋,他强奸了她好久，在精神和肉体上对她施以复杂的凌辱。为了阻止这些心思让他达到自慰的高潮，他有时会猛然扭转自己的想法，坐在那里惊讶地想，想法居然能让身体发生这样大的变化。随着阴茎收缩，哮喘又加重了，胸口和喉咙仿佛承受着重压，然后他的心思又抓住了那个女人的画面，一种带来酥麻感的化学刺激随着他的血液再次蔓延开来，拓宽了所有的血管通路，让下面的阴茎和上面的气管都膨胀起来。所有的窒息感都在这一幕的背后等待着，就像潜在的威胁。

巴士在湖边的一条街上停了下来，街上的房子平平无奇。索和露丝下了车，找到母亲的朋友，她在一辆轿车里等着他们。露丝坐进她身边的前排座位。她是个小个子女士，嘴巴闭得紧紧的，操纵变速杆的动作很生硬。索依然沉浸在绮念之中，不想说话，他坐在后排座位，没怎么听两人的对话。

"玛丽还在那家布料商店上班吗？"

"是的，麦克拉格兰小姐。"

"真遗憾。真遗憾，你父亲没能找到更好的工作。他为那些户外组织做了那么多，他们就不能**付给**他一些报酬吗？"

"恐怕不会的。他只是业余时间给他们干活。"

"嗯。好吧，我希望你们平时多帮母亲做些家务。她的情况一点也不好，你们知道的。"

露丝和索尴尬地望着窗外。公路在斜照的阳光下起起伏伏，下方是大片湿软的沼泽地带，褶皱区域分布着形状不规则的小湖。在沼泽地带弯曲的地平线后面，一座锥形的山峰拔地而起，索有些反感地认出，那正是鲁阿山。为了维持性兴奋状态，他不得不硬逼着自己想象越来越变态的事，现在外部世界任何能让他回想起其他经历的事物，都会因为惹他分心而令他心烦。他们来到沼泽地带的最高处，开始沿着下坡路驶向狭长的海湾，金洛克鲁阿旅馆就在另一侧，那是灰色和灰绿色大山脚下的一片狭长土地，上面散布着星星点点的村舍。大海退潮了，清浅的海水倒映出黄沙上的蓝天，营造出翡翠般的色彩。突然响起一阵沉闷的轰响，刺痛了他们的耳膜。麦克拉格兰小姐说："他们在兵工厂测试某种东西。但愿别是原子弹。"

"战争停止后，兵工厂不是关闭了吗？"露丝说。

"对，关停了将近一年，之后海军部接管了它。他们把安置所也接管了，不过它还没开业，这又是一桩憾事。这儿有过的最棒的东西就是安置所，它多少动摇了他们的观念。金洛克鲁阿旅馆之前就半死不活，从那以后也一直半死不活的。你知道吗，玛丽·索是我在那儿结交的唯一一个真正的朋友。你怎么能跟仅仅因为牧师会说闲话就不敢在星期天编织的女人交朋友呢？爱管闲事的老麦克费德伦跟她们的编织有什么关系？你哥哥不太舒服，是吗？"

露丝转身朝索使了个眼色，意思是"你振作点"。

她说:"他的哮喘犯了,不过他有药。"

"好吧,我认为我们一到旅馆,他就应该马上卧床休息。"

到了旅馆,麦克拉格兰小姐领他上楼,来到一间清洁、带有花卉图案的小卧室。他慢慢脱下衣服,脱掉一只鞋,往窗外看了十分钟,一点一点拖延着脱掉另一只鞋的时间。窗外是一个长满苔藓、疏于照管的花园,掩藏在主楼的侧翼后面,与精心照管的正面花园分隔开来。暗绿色的松柏围拢在花园四周。条条小径和道道树篱排布在方形的池塘周围,池塘里的水不怎么流动,中间有个破损的日晷。整个地方透出一种沉缓而邪恶的生机,让他颇为着迷。树篱中间有些草向上猛蹿,搞得树篱都有些枯萎了;处于树篱阴影里的那些草,则长得又软又蔫。各种植物由纤维构成的枝干,数量不亚于千足虫的腿,它们都在这片贫瘠的土地上挣扎着,带着盲目的从容厮打着,力图压制和扼杀竞争对手。在根须中间活动着昆虫、蛆虫和小甲虫:长着螯针和螯的分节动物、长着坚硬而贪吃的口器的软胖动物、长着复眼和触须的硬壳细腿动物,它们都在挖洞、产卵,往植物和彼此身上喷射着毒汁。他从花园的腐败气息中,感受到某种跟自己的邪恶幻想颇为亲近的东西。他像痉挛似的,抖掉另一只鞋,脱掉衣服,钻进了被窝。麦克拉格兰小姐送来一个热水袋,问他想不想看什么书。他说不用,他自己带了书。露丝用托盘端来一顿饭。他吃过之后,躺下自慰起来。十分钟后,他又自慰了一次。然后,他就再也没有任何可以抵御哮喘的武器了。

从落满灰尘的门廊可以俯瞰旅馆后面的花园,门廊上摆着一张大桌子和一些太过破旧、不宜放在屋里使用的椅子。第二天,他带着书和绘画工具坐在门廊上,一边喘着粗气,一边画着铅笔画,把画得好的那些画用墨水勾边,再用水彩上色。在工作时,哮喘很少会来打扰他,因为头天晚上几乎没有睡着,他闭上双眼,趴在桌上,把额头搁在攥紧的拳头上休息。他能听到树木枝头的轻微风声,鸟儿偶尔发出的鸣叫,还有黄蜂在门廊角落发出的嗡嗡声,但他最留意倾听的是在他头脑里响起的低语声,那是一阵模糊而微弱的声音,就像有两个人在隔壁屋里谈话。一个说话的人情绪振奋,提高了嗓门,大大盖过了另一个人平静的低语声,索差不多能听清他的话:"……蕨类和草,草有什么稀奇……"

由外面传来的声响让他抬头望去。只见牧师站在门廊阴影外面阳光照耀的小路上,饶有兴致地打量着他。他那沉默的黑色身影跟索记忆中的一样,只是身形略小一些,面容也更加和善。他说:"他们跟我说,你身体不适。"

"我今天上午好多了,谢谢。"

牧师走进门廊,看着一幅画。"这个家伙是什么人?"

"西奈山上的摩西。"

"在巨石和雷霆中间的他看上去真是个野蛮的小人。这么说你在给《圣经》画插图。"

索用平板的声调做了回答,不让自己的声音流露出骄傲的调子。"不。我要在学校辩论社做演说,这是演说的配图。演说题目叫'我个人的历史观'。这些图画会用幻灯机放大显示在屏幕上。"

"在你的历史观里,摩西处于什么样的位置呢?"

"他是第一个律师。"

牧师笑了起来,说:"在某种意义上的确如此,毫无疑问,邓肯;不过话又说回来,在某种意义上又并非如此。你在看的这本是什么书?"他拿起一本封面有光泽的薄书。

"霍伊尔教授谈连续创生的讲座。"

牧师在一把椅子上坐了下来,双手撑在伞柄上,下巴支在手上。"关于创生,霍伊尔教授说了些什么?"

"嗯,大多数天文学家认为,宇宙中的所有物质原先被压缩在一个巨大的原子里面,后来它爆炸了,宇宙中所有的星辰、星系都是原先那个原子的碎片。你知道宇宙中的所有星系都在彼此远离吧?"

"我听到过有关那种假设的谣言。"

"那不只是谣言,麦克费德伦博士,那是已经得到证实的事实。嗯,霍伊尔教授认为,宇宙中的所有物质都是由氢变来的,因为氢原子是形态最简单的原子。他认为在不断扩张的星际空间里,氢原子正在不断产生,缔造出新的星球、星系之类的。"

"天哪,这岂不是太神奇了!你相信吗?"

"嗯,这个说法尚未得到确切证实,不过比起另一种理论,我更喜欢这种。它更乐观。"

"为什么?"

"嗯,如果第一种理论是对的,那么有朝一日,群星会燃烧殆尽,宇宙将只剩下空洞的空间和又黑又冷的大块岩石。不过如果霍伊尔教授说得对,那么总会有新的星球取代灭亡的那些。"

牧师委婉地说:"我还真够幸运的,刚刚发现这个宇宙对我构成威胁,就又从这个正在衰朽的宇宙中得救了。"

等索听懂牧师的言外之意,他感到既郁闷又恼火。他说:"麦克费德伦博士,你的话和——和你的笑容,看起来就好像我说的全是蠢话。你相信什么,才让你这么有优越感呢?是上帝吗?"

牧师严肃地说:"我相信上帝。"

"相信他是善的?创造了万物?爱自己的造物?"

"我也相信这些。"

"嗯,那他为什么要创造小杜鹃,它们只能靠杀死小鹅鸟才能活下去?这里的爱体现在哪儿?为什么他要创造全靠杀死其他野兽才能活下去的野兽呢?为什么他赋予我们只能靠互相伤害来得到满足的欲望呢?"

牧师咧嘴一笑,说:"天哪。或许上帝本人也怕参加这样的考试。不过我会尽力而为的。你这样说,邓肯,就好像是我相信,上帝把世界创造成了如今这副模样。实际并非如此。世界的确是上帝创造的,上帝把它造得很美。上帝将它交付给人,由人来看顾它,保持它的美丽,而人把它交给了魔鬼。从那以后,世界就变成了魔鬼的地盘,地狱的附属品,每个出生在这里的人都遭到了诅咒。我们要么得辛苦流汗以获得面包,要么就得从邻居家偷取。无论是哪种情况,我们都生活在焦虑之中,我们越是聪明,就越能感受到自己所受的诅咒,就越觉得焦虑。你,邓肯,是个聪明人。或许你一直在世间寻找上帝存在的迹象。如果是这样,那你什么也找不到,只能找到他不在的证据,或者你找到的比这还少,因为统御这个物质世界的精神是冷漠和邪恶的。唯一能证实我们的造物主心地善良的证据,就蕴含在我们对这个世界的不满当中(因为如果是自然之神造就了我们,那么自然的生活就应该符合我们的要求),蕴含在耶稣基督的作品和言辞里,也许你读到过他的事迹。在你的历史观里,有基督的位置吗?"

"有,"索大胆地说,"我把他看作第一位创立人人平等的宗教的人。"

"我很高兴,你把他介绍得如此可钦可敬,但他不只是这样。他就是道路、真理和生命。要想找到上帝,你必须相信基督就**是**上帝,将其他知识视为徒劳无益之物,加以摒弃。然后你必须祈求恩典。"

在进行这场谈话期间,索的身体颇为不适地扭动了好几次,因为这场谈话让他感到尴尬;另外他发现,很难让自己的眼睛一直睁着。半分钟的沉默之后,他意识到牧师在等他提问,于是他说:"什么是恩典?"

"就是你自己心里的天国。确信你再也不会被诅咒。免于焦虑。上帝不会将恩典赐予所有的信徒,也不会将恩典长久地赐予少数几名信徒。"

"你是说,即使我成为基督徒,我也永远都不能确定……确定……"

"救赎。天哪,不能。上帝可不是食杂店老板或银行经理那样办事公道的人,让你用一盎司的信仰换取一盎司的救赎。你不能跟他讨价还价。他不会给你任何保证。我看得出,我让你厌烦了,邓肯,我很抱歉,但我所说的这些,从约翰·诺克斯[1]那个时代起,到两三代人之前,几乎每个苏格兰人都认为是理所当然的事情,正是从那之后,人们开始相信这个世界可以改进。"

索双手抱头,感觉既沮丧又无趣。牧师的回答比他预想的更严密,他有点绕不出来的感觉。不过当然,还有很多合理的相反论据,他能想到的只有"那杜鹃呢?"。

---

[1] 约翰·诺克斯(John Knox,约 1514—1572),苏格兰宗教改革领袖,基督教新教长老会创始人。

牧师一脸迷惑。

"上帝为什么要创造杜鹃,让它们只能靠杀死鹨鸟活下去?它们也把这个世界交给魔鬼了吗?还是鹨鸟这样做了?"

牧师站起身,说:"野兽的生命,邓肯,跟我们的生命截然不同,对它们来说,强烈的感情必定是自负与自欺。哪怕是身为无神论者的你父亲,在这一点上也会同意我的看法。我知道你会在这里待一两个星期。或许我们可以改天再讨论这些问题。与此同时,但愿你能好起来。"

"谢谢你。"索说。他假装在一张纸上潦草地书写,直到牧师离开,然后他叉起胳膊放在桌边,把脑袋趴在胳膊上。他已经很累了,但如果他昏睡片刻,窒息的野兽也许就会跳上他的胸口,所以他尝试着只休息,不睡觉。这很难做到。他站起来,收拾好自己的东西,慢慢回到床上。

那天下午,他渐渐淡忘了健康是什么滋味,康复的希望也随之消泯了。唯一可以设想的未来就是对当下的重复,而当下已经缩水成一个小小的痛苦行为——从气息的海洋中一次又一次痛苦地吸气。没有了色情幻想(它们就像药片一样,因为过度使用而失去了效用)的陪伴,这个花园沉缓而坚定的生机令他烦躁不安,正如这份生机令滋育它的这片土地躁动不安一样。他仿佛感觉到,自然界从旅馆的四壁延伸开去,延伸出大片凹凸不平的土石，土石的表面包裹着浓密的**生命**，这种东西的各个部分靠彼此吞噬来获得新生。南面几百英里开外的地方，大地开出一道沟壑，里面集聚了土石和金属——那儿就是格拉斯哥。在格拉斯哥，这种感受多少对他有所帮助：只要他尖叫的声音够大，人群中或许就会有人听到，赶来帮助他。但在这些山里，尖叫毫无用处。他的痛苦跟因杜鹃而饿死的鸫鸟的痛苦，被鸫鸟碾碎的蜗牛的痛苦一样，无足轻重。他开始尖叫，但紧接着就打住了。他试图思考，但他的心思被牧师的那番话给困住了。若非作为惩罚而存在，这个世界的存在还有什么正当的理由呢？惩罚又是因何而设呢？

当晚，麦克拉格兰小姐打电话叫来一名医生。他走进索的房间，在床边坐下，他是个还没到中年的男人，穿着肥大的运动裤，留着黑色的小胡子，略方的脑袋深陷在双肩中间，就好像他没法在不活动身体其余部位的前提下单独活动脑袋一般。他试了试索的脉搏和体温，问他这样有多久了，嘴里闷闷不乐地嘟哝着。麦克拉格兰小姐端来一锅开水，水里夹着个小小的金属笼子。医生从笼子里取出玻璃和金属部件，把它们组装成一个皮下注射器，从一个橡胶帽小瓶里吸满药水，然后让索把睡衣袖子拉上去。索盯着天花板的一角看，尽量不想别的，只琢磨那里的一道裂缝。他感到医生用凉凉的东西擦了擦他的上臂肌肉，然后针头扎了进来。钢铁的针尖穿透层层组织，让他咬紧了牙关。肌肉因推入的药液胀起时，有种轻微的痛楚，随后针就收了回去，接着，神奇的事发生了。他原先全靠色情来制造的那股带来酥麻感和自由感的洪流，从胳膊流遍全身，但这次不用他再靠思想来维持了。每一处神经、肌肉、关节和肢体都松弛下来，充裕的空气让肺扩张开来，他打了两个喷嚏，仰面躺下，感到通体舒泰。那种哮喘正等着再次发作的感觉消失了。他简直无法相信，自己以后还会发病。他向外面沐浴在温暖阳光下的花园望去。池塘边那片长势过于茂盛的蔷薇花丛开出了白花，一只看起来只是个黑点的蜜蜂从一朵花上飞了过去。那只蜜蜂准是在自得其乐吧？花丛之所以生长，准是因为它喜欢生长吧？花园里的一切似乎都长到了合适的高度，现在正要休憩片刻，留驻在琥珀色的夕阳下。花园看起来很**健康**。索怀着卑微的感激之情，转身望向那个神情沮丧的平凡男子，这些变化都是他带来的。医生正打量着桌子旁边的书本和画，微微皱起眉头。他说："好些了吗？"

"是的，谢谢。非常感谢。我好多了。现在我能睡觉了。"

"嗯。我想，你知道你得的这种哮喘在某种程度上是心理疾病。"

"是的。"

"你看很多书，对吗？"

"对。"

"你会伤害自己吗？"

"当然，如果我当众犯傻的话。"

"不不。我是说，你自慰吗？"

索的脸变红了。他低头望着被子。

"是的。"

"有多频繁？"

"一个星期四五次。"

"嗯。那是挺频繁的。这一点尚未达成普遍共识，不过有证据表明，自慰会导致神经疾病恶化。比如说，精神病院里的病人就自慰得相当频繁。如果我是你，我就戒掉。"

"好的。好的，我会的。"

"这是一瓶异丙肾上腺素片。要是你又不舒服，就把一片掰成两半，把半片放在舌头下面含化。我想，你会觉得它有帮助的。"

医生离开了，索心里稍微有点担忧，但很快就睡着了。

深夜，他醒了过来，比以往任何时候都难受。异丙肾上腺素片毫无作用，琼·黑格的形象浮现在他的脑海，强大而灼热，就像一根滚烫的拨火棍，戳进了他腹部的血液之中。他想："如果只是想想跟她有关的事，不会有什么问题。我用不着自慰。"他想着跟她有关的事，十分钟后自慰起来。窒息的野兽马上猛扑过来。他攥紧拳头按住胸口，猛力吸气，发出呼噜呼噜的声音。恐惧变成了恐慌,他的思绪迸裂成一连串语无伦次、无法成形的闪念:我不能你是我不会它的确它会要淹死了不不不不要淹死在不不不不空气我不能你是它的确……

雷霆般的嗡鸣声充斥了他的脑海。就在他要昏倒时,一个突如其来的念头完整地成形了——**倘若这是我应得的,那它就是好的**——围绕着这个念头,他的思绪兴高采烈地重新集结起来。他冲着床头灯的灯泡笑了起来。他还处于痛苦之中,但他已经不害怕了。他呼哧呼哧地喘着粗气,从床边的桌子上拿过笔记本和钢笔,写下歪歪扭扭的大字:

> 吾主上帝,您是存在的您是存在的我受到的惩罚证实了这一点。我受到的惩罚并未超出我的承受能力我遭受的痛苦是应得的痛苦已经减轻了因为我知道它是我应得的我不会再做那件事了,这会是一场艰苦的斗争不过在您的帮助下我能够打赢我不会再做那件事了。

次日,他做了三次。麦克拉格兰小姐给他母亲发了一封电报,他母亲第二天就从南边乘巴士赶了过来。她站在床边,带着难过的笑容,低头望着他。"这么说,你身体不太舒服,儿子。"

他也报以微笑。

"唉,"她说,"你真像个可怜的老头。好起来吧,我会在这儿陪你一段时间的。我正好借着这件事,也享受一段假期。"

他被转移到一间天花板低矮的大屋,屋里有两张床。一张是他的,露丝和母亲睡另一张。那天晚上熄灯之后,露丝说:"唱歌给我们听吧,妈咪。你好久没给我们唱歌了。"

索太太唱了几支摇篮曲和感伤的低地歌曲:《赶母羊》《小声道别,小鸟》《这不是我的彩格披肩》。她以前凭着自己的歌喉,得到过音乐节颁发的证书,可如今她只能把声音压得很低,几乎像耳语一般,才能把高音唱出来。她试着唱《好小伙乔治·坎贝尔》,开头是高声悲叹的调子,但她唱破了音,跑了调,她停下笑着说:"啊,我现在唱不上去了。我要变成老太婆了。"

"不!你没有!"索和露丝一起喊道。她的话让他们心里发慌。她说:"我觉得,我们应该好好睡觉了。"

他倚着枕头躺着,呼吸粗重。他一咳嗽,索太太就满怀希望地说:"这就对了,儿子,把它吐出来。"咳完之后,她还会说:"就是这样,感觉好些了,不是吗?"

但他什么也没吐出来,也没有感觉好些,意识到母亲醒着躺在那儿,照顾他作痛的胸口,让他感到痛苦更难以忍受。他试过尽量一动不动,把那些小小的团块留在喉咙里,直到另一张床上的寂静让他以为母亲已经睡着了,但他只要一咳嗽,不管咳得多轻,另一张床垫的吱嘎声都会让他意识到,母亲还没睡着,一直在听着。

突然,他在黑暗中坐起身,笑了起来。他一直在考虑着那个答案,也可能是梦到了它,现在,他看清了这个世界,看清了事物的意义。他目睹的景象很难诉诸言语,但他愿意分享出来。"一切都是恨,"他用说梦话的调子含糊不清地说,"我们都是恨,就像装满恨的大气球一样。用露丝的发带绑在一起。"

两个女人尖叫起来。索太太高声说:"就这么定了。我们回去。我们明天就回去。肯定**有人**知道怎么治好他。"

露丝喊道:"你真自私,自私至极!你只在乎自己,不在乎别人!"然后她哭了起来。索感到迷惑,意识到自己的话并未传达出自己想表达的意思。他又试了一下。

"人是把自己烤熟后吃掉的派,配方就是恨。我好像要葬在这片假山里了……"因为尽管他能模模糊糊地看到这个卧室,知道母亲和妹妹躺在哪儿,但他也感觉到,自己被一堆土石埋到了腋窝。索太太喊道:"住口!住口!"

次日上午,索和母亲动身返回格拉斯哥。露丝获准留下。当天,他们打电话叫来一艘船,停在金洛克鲁阿这边,麦克拉格兰小姐开车送他们去码头,他们驶入大海时,她在码头向他们挥手道别。阳光就像他五天前刚来时一样明亮,自打过来以后,他还是头一次看到鲁阿山广袤而碧绿的一面。洁净的强风迎面吹来。有个船员是跟索同龄的瘦削少年,正倚着通风管道演奏六角形手风琴。舒展着翅膀的海鸥悬停在上方的气流中。索坐在探出甲板、形状像铝制伞菌的通风口上,母亲在一旁,向着远去码头上的身影挥手作别。索能看出,山顶上的那个白点就是三角测量点。他想起昨晚的事,努力从昨晚那种昏头昏脑、喊出他眼中的答案的混乱状态中恢复过来。当时他似乎认为,正如氢是构成宇宙的基本材质,恨也是构成思想的基本材质。在清新的阳光下,这个想法不那么令人信服了。他感到自己虚弱得惊人,却像摆脱了牢笼一样自由,在静坐不动的时候,一点也意识不到哮喘的迹象。

两天后,索开开心心地跟库尔特一起步行进城,参观美术馆。他谈起这次金洛克鲁阿之行,还有那个医生说的话。库尔特很生气。"那是胡扯!"他说,"在我们这个年龄,人人都自慰。这是正常的。我们把那种东西排出体外,不然还有什么别的办法摆脱它?一周五次,我觉得听起来挺正常的。"

"可那个医生说,在疯人院里,病人一直在做这个。"

"我相信他说的。精神病人跟我们很像。院方不允许他们用别的方式过性生活。他们还能怎么打发时间呢?"

"可现在,只要我一自慰,哮喘就又会发作。"

"这一点我能相信。医生让你以为只要你自慰就会犯哮喘,所以你才会犯哮喘。任何人,只要他们足够努力地尝试,就能让你相信任何事。我还记得,有一次我让你相信,我是一名德国间谍。"

索笑了起来。"好笑的是,"他说,"那个医生也令我相信上帝的存在。"

"怎么会?不,不用告诉我,我明白是怎么回事了,"库尔特用嫌恶的语气说,"我敢打赌,你自认为十分特别和优越,所以因为某件事遭到了上帝的惩罚,而同样的事放在别人身上,上帝压根儿就不在意。好吧,我不想让你失望,不过你最好还是把上帝和自慰都排除在外,回到以前以正常方式患有哮喘的状态。"

第19章 索太太消失了

索打开日记本,写道:

"爱不寻求自身的欢愉,对自己也并不在意,而是将它的安适送给对方,在地狱的绝望中建起一座天堂。"被牛蹄践踏的一小块黏土这样唱道,但小河中的一块卵石,颤声唱出这般合适的韵律。"爱只寻求自身的欢愉,为自己的快乐将对方捆住,为对方失去安适而欣喜,在天堂的反对中建起一座地狱。"[1]

布莱克没有做出选择,而是将两种爱都展现出来,如果女人是土块,男人是卵石,生活就会简单得多。或许大多数人确实是这样,但我是个

---

[1] 英国著名诗人威廉·布莱克(William Blake,1757—1827)的诗作《土块与卵石》("The Clod and the Pebble"),收于其诗集《天真与经验之歌》。诗作借土块与卵石之口,道出了天真(无私)与世故(自私)两种不同的爱情观。

饱含沙砾的土石混合物。我像卵石一样的感情都给了琼·黑格,不,不是真正的琼·黑格,而是在一个没有同情和良知的世界里,那个想象中的琼·黑格。我对凯特·考德威尔的感情是土块式的,我想让她开心快乐,我想让她认为我聪明迷人。我以一种如此卑微的方式爱着她,都不敢走到她的身边。今天下午,妈妈因为肝脏不好,动了手术。似乎过去一两年里,老医生普尔对她的治疗搞错了病症。我惭愧地注意到,昨天我忘了记下她被送进医院这件事。我准是那种非常冷漠自私的人。要是妈妈死了,老实说,我不认为我会有多大感触。我想不出有什么人,不论是爸爸、露丝,还是罗伯特·库尔特,他的死能让我大为不安,或者将我改变。不过上星期,在读坡的一首诗的时候("你对我来说就是一切,爱人,我的灵魂因你而枯萎……"),我感受到异常强烈的失落,流下六滴眼泪,左眼四滴,右眼两滴。当然,妈妈是不会死的,但我的这种冷漠有点骇人。

他们走进皇家医院的一间大病房,外面灰色的天光从高高的窗户照进来,淹没了他们。索太太靠在枕头上,一脸憔悴的病容,却莫名显得年轻。麻醉剂抹去了她脸上因紧张而生的许多皱纹。她看起来比平时更教人难过,但不像平时那么忧心忡忡。索来到床后面,小心翼翼地梳理着缠结在她头颈周围的头发。他每次用左手拉起一绺头发，用右手梳理好，他注意到原先的黑发混进灰色的发丝，变成了浅灰色。他想不出什么话来说，梳头的动作带来的亲密感让他无须没话找话。索先生握着妻子的手，望着身旁的窗户外面说："你这儿视野不错。"

在他们下方，矗立着古老的哥特式教堂，它饱经煤尘侵蚀，教堂周围是一片墓地，有好些扁平的黑色墓石。教堂后面是公墓山，山坡上开凿出精美陵墓的门廊，山顶插满墓碑和方尖碑。最高的纪念碑是一根柱子，上面擎着约翰·诺克斯的巨大石像，他头戴帽子，留着胡须，身穿长袍，用右手举着一本打开的花岗岩书本。一块块墓地中间的树没有叶子，因为此时已是深秋。索太太微笑着，面色苍白地小声说："今天早晨，我看到那里在举行一场葬礼。"

"嗯，这里的风景是不怎么让人愉快。"

索先生向孩子们解释，再过好几个星期，他们的母亲才会恢复到出院回家的程度，之后再过好几个月，她才能下床活动。家务活需要重新安排，各种工作要在他们三个当中重新分配。这种重新安排始终未能有效维持。索和露丝就谁应该干什么，发生过太多争吵；而且索有时因为犯病，完全无法干活，露丝以为他是在耍花招，好让她多干活，于是管他叫懒惰的伪君子。最后，几乎所有家务活都是索先生完成的，他在周末洗衣熨烫，早晨做早餐，把家里大致收拾整齐。在这期间，油地毡、家具和窗户的表面变得越来越脏。

索在怀特希尔高中的学业压力似乎减轻了。五年学校教育的顶点——高中毕业考试，再过几个月就要开始了，他身边全是趴在桌上像鼹鼠打洞一样埋头学习的同学。索带着淡然的遗憾望着他们，就像看着他们踢球或者去跳舞一样：他对活动本身不感兴趣，但那份参与感可以让他不那么不合群。教师们已经不管那些肯定能通过或肯定通不过考试的学生，而是全力帮助那些上下两可的学生，所以索获准按照自己的心意，学习自己喜欢的那些科目（美术、英语、历史），他在拉丁语或数学课上坐在尽可能远离老师的位置，在笔记本上写写画画。圣诞节过后，他被告知，老师不建议他参加拉丁语的毕业考试，这让他每星期又多出六个小时自由支配的时间。他把它们用在了美术上。美术系位于大楼顶层，是些刷过石灰、天花板不高的房间，如今他把大部分时间都花在那儿，制作一本插图版的《约拿书》。有时美术老师，一位和善的老人，会在他身后看着，向他提问。

"呃……这样画是为了表达诙谐吗，邓肯？"

"不是的，先生。"

"那你为什么给他画上圆顶礼帽和雨伞？"

"圆顶礼帽和雨伞有什么诙谐的？"

"没有！下雨天里，我自己就用雨伞……你是不是打算完成这幅画之后，拿它做点特别的事？"

索打算把它送给凯特·考德威尔。他喃喃地说:"我不知道。"

"好吧,我认为你不用画得这么精细,越早画完越好。无疑,这幅画会给考官留下深刻印象,但他更有可能欣赏静物画或石膏模型画。"

偶尔,在课间游戏时间,他会去美术室外面的阳台上,俯瞰下面的大厅,足球队队长、学校的游泳冠军和几名班干部通常会站在那儿,跟凯特·考德威尔谈笑风生,凯特·考德威尔会跟一名女友坐在战争纪念碑下面的桌子边上。她的笑声和硬憋着笑的声音会传入他的耳中,他也想下去加入他们,但他的出现会带来可想而知的沉默,他爱她的风言风语会再度传开。

有一天,索从美术室出来,看到她从大厅另一侧沿着阳台走来。她笑着挥了挥手,索一时冲动,羞怯地盯着她,打开了身后的门,示意她过来。她走了过来,张着嘴巴笑着。他说:"想不想看看我正在做的?我是说,美术方面的东西?"

"哦,应该会很有趣,邓肯。"

美术室里只有另外一名学生,是个班长,名叫麦格雷戈·罗斯,他正在复制一张罗马字母表。索从储物格里取出一沓作品,一张接一张地摆在她面前的书桌上。

"基督在神庙中与神学学者们争论。"他说,"地狱之口。这是一片幻想中的景色。发疯的花朵。这些是我为辩论社演说准备的插图……"

每幅画都让她发出小小的惊叹。他给她看了尚未完成的《约拿书》。她说:"棒极了,邓肯,不过你为什么给他画上圆顶礼帽和雨伞?"

"因为他就是这种人。约拿是唯一一位不愿成为先知的先知。是上帝逼他就范的。我把他看作一个胖乎乎的中年男人,有一份在保险公司的工作,是个天性恬静而平庸的人,上帝不得不鞭策他,才能激发他的勇气和伟大。"

凯特有些怀疑地点了点头。

"明白了。画完之后,你准备拿它怎么办呢?"邓肯的心怦怦地跳了起来。他说:"也许我会把它送给你。如果你喜欢的话。"

她粲然一笑,说:"哦,谢谢你,邓肯,我很愿意拥有它。你太好了。它真的……**你又在忙什么呢?**"她问道,朝麦格雷戈·罗斯走去。她把一张小凳拖到麦格雷戈·罗斯的书桌那儿,把自己的脑袋靠在他的脑袋旁边整整二十分钟,他教她怎么用书法笔。

新年之初,索太太就出院了。楼下的吉尔克里斯特太太和另外一两个邻居到索家帮忙收拾,准备迎接她回家,她们把每个房间的死角都打扫得焕然一新。

"你们必须对母亲特别好,尽全力帮助她才行。"她们严厉地说,"记住,她不能长时间下床。"

"多管闲事的老贱人。"露丝说。

"她们的本意是好的，"索宽容地说，"只是话说得不中听而已。"

救护车把索太太送回了家，她被安顿在前面卧室的大床上。晚上，她可以坐在炉火旁边，很快，她身上有了足够的力气，孩子们跟她争吵，也不会觉得满心愧疚了。索把画完的《约拿书》带回了家。她接过来，放在膝头，仔细翻看着，让他解释某些细节，然后严肃地说："你知道吗，邓肯，你可以当一名好牧师。"

"牧师？为什么是牧师？"

"你谈论事物的方式就像牧师一样。你准备拿这个怎么办？"

"我想把它送给凯特·考德威尔。"

"凯特·考德威尔！为什么？**为什么？**"

"因为我爱她。"

"别傻了，邓肯。你对爱有多少了解？她肯定不会欣赏它。露丝告诉我，她只不过是个卖弄风情的小妞。"

"我送给她不是因为她欣赏它。我送给她是因为我爱她。"

"这是犯傻。十足的犯傻。全校的人都会嘲笑你的。"

"全校的人嘲笑与否，我才不管呢。"

"那你比我认为的还要傻。你完全没有自尊或骨气，你会跟第一个喜欢上你的傻姑娘结婚，然后被她搞得很惨。"

"也许你是对的。"

"但我不应该是对的！你不应该让我是对的！你为什么就不能……哦，我放弃。我放弃。我放弃。"

索的皮肤病复发了，他的喉咙看起来就像被他用刀割过，只是还没割断。每天早晨，他都会去母亲床前，她用绸缎围巾紧紧缠住他的脖子一直到下巴，再用安全别针把它固定牢，让他的头和肩膀看起来有些僵硬。一天早上，他走进一间教室，发现凯特·考德威尔的目光落在自己身上。或许她是在等别人进来，或许她是在恍惚的一刻，刚好往门口看了过来，但她脸上有种柔和的、无意间流露的怜悯神情，看到这副神情，索心里充满纯粹的恨意。它在他脸上留下一道不肯饶恕的愤恨眼神，在恨意淡去之后，这道眼神还多停留了片刻。凯特露出茫然的神色，然后猛地别过头去，跟一些爱传闲话的朋友闲聊去了。当晚，索没有任何得意的感觉，他把《约拿书》交给露丝，然后闷闷不乐地坐在母亲床边。

"你知道吗，邓肯？"索太太说，"露丝对它的欣赏胜过凯特·考德威尔一千倍。"

"我知道。我知道。"他说。他的心和胃之间在作痛，好像被人摘走了什么东西。

"啊，儿子，儿子，"索太太，她向他伸出双臂，"别在意凯特·考德威尔。你永远都有你的老母亲。"

他笑了起来，拥抱了她，说："是的，母亲，我知道，但这不是一回事，这根本不是一回事。"

高中毕业考试来临了,他参加考试时没觉得这场考试有什么特别。在受监视的安静考场上,他浏览了一下数学考卷,咧嘴一笑,知道自己肯定考不过。要是马上起身离开,未免太显眼,于是他尝试着不用数字,而是用文字去解两三道题,用这种方式逗自己开心。他写出来的等式就像辩证法的论据,但他很快就觉得厌烦了,他用心不在焉的目光望着监考老师因责备而扬起的眉毛,交上考卷,去了楼上的美术室。其他考试跟他预料的一样简单。

索太太的身子骨渐渐变得硬朗起来,但在索考试期间,她患上轻度感冒,身体又衰弱下去。如今,她只有在去厕所的时候才起来。索先生说:"你觉不觉得你应该用便盆了?"

她笑着说:"当我不能自己去厕所的时候,我就知道我不中用了。"

一天晚上,只有索在家陪着她,她说:"邓肯,客厅里现在怎么样?"

"很暖和。火烧得很旺。屋里也不乱。"

"我想起来,在炉火边上坐一会儿。"

她把床上用品拽到身后,把腿从床沿上奉拉下来。索看到它们那么瘦,心里大为不安。他给她穿上厚厚的羊毛袜子,但袜筒立不住,堆叠在她的脚踝那儿。

"就像两根木棍一样。"她微笑着说,"我的模样快跟被关在贝尔森集中营[1]里的人一样骇人了。"

"别傻了！"索说，"就算再过一个月没康复，也没什么不对头的。"

"我知道，儿子，我知道。这是个漫长、缓慢的过程。"

这段时间里，索跟父亲睡沙发床。他睡得并不好，因为床垫中间有个凹陷，索先生因为身子更重，自然会落在里面，索发现自己很难不翻身翻到父亲身上。一天晚上熄灯后，他说，等母亲好起来他们恢复原先的睡觉方式，那该有多好。沉默片刻之后，索先生用奇怪的口吻说："邓肯，我希望你别……抱太大希望，以为你妈会好起来。"索小声说："哦，活着就总有希望。"

"邓肯，没有希望了。你瞧，手术做得太晚了。她正在恢复，这是手术的效果，但这种恢复并不长久。她的肝脏受损太严重了。"

索说："那她什么时候会死？"

"一个月之内。也许两个月之内。全看她的内心还有多少力量。你瞧，她的肝脏不再净化血液了，所以她的身体越来越缺乏营养。"

"她知道吗？"

"不。还不知道。"

索别过脸去，在黑暗中哭了一会儿。他没有纵情大哭，只是让泪水从眼里无力地流淌出来。

---

[1] 贝尔森集中营（Belson），纳粹德国在贝尔根和贝尔森两村附近建立的集中营。

撞击声和大叫声惊醒了他。他们发现索的母亲在客厅的地板上挣扎着。她是想去厕所。"啊,孩子他爸,我完了。我完了。结束了。"索先生扶她回床上时,她这样说道。索怔怔地站在客厅门口,脑子里回想着那声大叫的余音。在惊醒的那一刻,他就觉得那声叫喊并不出乎意料,他仿佛早在多年之前就已经听过,为了能再次听到,他已经等了一辈子。

两天后,索和露丝一起放学回家,索先生给他们打开房门。他说:"你们的母亲有话对你们说。"

他们走进卧室。索先生站在门口看着。床挪到了窗边,好让索太太能看到街景,她躺在那儿面向他们,怯怯地说:"露丝,邓肯,我想,很快我就会……一觉睡过去,醒不过来了。"

露丝猛吸一口气,从屋里跑了出去,索先生追了过去。索来到床前,躺在母亲和窗户中间。他在被褥下面找到母亲的手,握住了它。过了一会儿,她说:"邓肯,你认为,死后还有什么吗?"

他说:"不,我认为没有。只是长眠而已。"

母亲问话里的某种渴望的语调让他补充道:"你要知道,很多比我更聪明的人相信,后面还有来世。要是有的话,那它不会比此世更糟。"

有好几天,索一放学回家就脱掉鞋,躺在母亲身边,握着她的手。如果说他感到不快乐,那不是真话。在这样的时候，他几乎没有任何想法或感受，只是缄默不语，因为索太太渐渐说不出话来了。通常他会望着外面的街道。尽管与主路相连,这条街道依然颇为安静,透着寒意的春日阳光通常会把这条街照亮。对面的那些房子是半独立式的别墅，花园里种着丁香花和黄色的金链花。如果说他感觉到了什么的话，那就是宁静和亲密带来的满足。在此期间，原本对操持家务从不上心的露丝，开始忙着打扫做饭，她给母亲做了那么多容易消化的食物和点心，但很快索太太就只能吃流食了,因为她太虚弱,变得口齿不清,眼睛也睁不开了。在家里，谁也不多说话，不过有一次，索跟妹妹说话时一上来就说:"等妈咪死后……"

"她不会死的。"

"可是露丝……"

"她不**会**死的。她会好起来。"露丝目光炯炯地盯着他说。

为了对笔试成绩进行确认，学校里要举行口试。英文老师叮嘱学生们把某些文章段落熟记在心，尤其是《圣经》里的段落，因为考试时可能会让他们大声背诵。索决定背诵《雅歌》里的色情诗，让考官震惊一下,它的开头是"我的佳偶,你甚美丽!你甚美丽!"。英语口试的那天早晨,吃完早饭,他去跟母亲告别。索先生坐在床边，用双手握着她的一只手。她仰面躺在枕头上，几乎闭合的眼皮下面露着一条白线。她绝望地咕哝着:"我要死了,我要死了。"

"好了,好了,玛丽,"索先生说,"你不会死的。你不会死的。"

"啊,我要死了,我要死了。"

"别担心,你不会死的,你不会死的。"

两星期以来第一次,索太太颤抖着坐了起来。她双眼圆睁,将嘴唇从牙齿上拉开,尖叫道:"我想死!我想死!"然后向后倒去。索瘫坐在椅子上,双手抱头,大声哭泣。十分钟后,他跑过洒满阳光的公园坡道,向学校跑去,大声朗诵着《雅歌》里的诗篇。那天下午他回家时,索太太躺在那儿,比平时更安静,呼吸带有微微的喘息声。他把嘴唇贴在她耳边,急切地低声说:"妈!妈!我考过英语了。我考过高等英语了。"

一丝淡淡的笑意掠过她的嘴巴,然后就像水消失在沙里一样,从她空洞的脸上消失了。第二天早晨,楼下的吉尔克里斯特太太来给她擦洗身体,拉开床后面的窗帘时,听到一声细微的低语:"又是一天。"但下午,报告索通过了美术和历史考试的话,没能传到她依然存活的那部分大脑里,或者她已经不在意了。

三天后,星期六的一大早,她死去了。头天夜里,楼下的吉尔克里斯特太太和对门的威肖太太坐在客厅里守着,索过去上床睡觉时,她们也没有离开。索先生坐在卧室里,握着妻子的手。索醒来的时候,灯光透过窗帘照射进来,邻居们已经离开了,他意识到母亲已经去世了。他起床穿衣，吃了一碗玉米片，打开收音机收听一档喜剧节目。索先生来到屋里，有点尴尬地说："把声音调小一点好吗，邓肯？要是邻居们听到，也许他们会不高兴。"

索关掉收音机，出了门，往运河那边走去。他站在很深的石头河床边缘，望着带有点点浮沫的河水在腐烂的木料中间旋动，心里一无所思，一无所觉。

下午，他像前些时候计划的那样去找库尔特。库尔特太太带丈夫出门散步去了，索坐在炉火旁边，库尔特穿着背心和裤子，在水槽那儿洗漱。索有点尴尬地说："顺便说一句，鲍勃，我母亲昨晚去世了。"

库尔特慢慢地转过身来。他说："你在开玩笑吧，邓肯。"

"没有。"

"可我两星期前还见到她来着。她还跟我说了话。她看起来好好的。"

"是啊。"

库尔特用毛巾擦了擦手，仔细打量着索。他说："你不应该闷在心里，邓肯。那样过后会更难受。"

"我没觉得我把什么事闷在心里。"

库尔特穿上衬衫和套头衫，有些担心地说："问题是，我约了山姆·兰三点钟在托尔克罗斯运动场见。我们打算练练跑步。当时我觉得，你不介意一起过去。"

"我不介意一起过去。"

等他回到家，殡仪馆的人已经来了。一口棺材搁在卧室壁炉前面地毯上的一对搁架上。棺盖搁得留出顶端的方口，从方口那儿可以看到索太太的脸。索带着莫名的嫌恶望着它。五官还是母亲的，但所有的相似之处都消失不见了，虽然他看不出外形上有什么区别。这东西连美术作品里浮泛在表面的活力都没有，它的材质也没有青铜或黏土的那种整体感。他用指尖碰了碰前额，感受到了冰冷皮肤下面的冰冷骨骼。这堆致密的死亡组织并不是母亲的脸。它谁的脸都不是。

葬礼前那几天，卧室里弥漫着甜腻的腐臭气息，这种气味向其他房间不断扩散着。厕所用的那种空气清新剂放在棺材底下，但并没有什么用。星期二，索太太所属教堂的牧师举行了一场简短的仪式，棺材被人用螺丝上紧，熟练地搬下楼，抬到了灵车上。客厅里挤满了邻居、老朋友、亲戚们，索听父母说起过那些亲戚，但没怎么见过他们。仪式进行期间，房门悄悄打开过两三次，门边的人让开位置，让进一位悄悄出去透气的老头老太。索站在餐具柜旁边，穿着最新的衣服。他想起，在母亲生前的最后几个星期，这位牧师没有来过，这不是因为他不尽职（他是个热忱、神经质的青年），而是因为他的出现会是一种打扰。对索太太和她的朋友们来说，教堂一直是聚会的场所。她们星期天去做礼拜，星期四去教堂大厅参加社交俱乐部活动，但哪一项也算不上虔诚。前几年，索说自己是无神论者，索太太大为惊讶，但后来更让她惊讶的是，没过多久索又说自己是基督徒，在跟露丝打架时，他开始把另一边转过去让露丝打。一个词闪现在索的脑海："宗教的安慰。"就他所见，母亲终其一生都没得到任何安慰。

仪式结束了，他跟父亲、牧师和另外几个人出门坐车。那些车是亮闪闪的黑色劳斯莱斯，引擎很安静，他们快速驶过北部郊区的街道时，他往车窗外望去，感觉颇为舒适和荣幸。这是个灰蒙蒙的日子，灰色的天空像盖子似的扣在格拉斯哥上方，细小的雾气由天空飘落。他们来到一片市政公墓，它刚好坐落在城市边缘，三面环绕着露天的旷野。他们在墓地门口耽搁了片刻。这些车子排成一排，停在参加前一场葬礼的车辆后面。过了一会儿，前面那些车子消失了，他们开上一段弯曲的车道，车道两侧是滴着水的杜鹃花，车子停在一座小型的维多利亚-哥特式教堂外面，教堂后面有一根烟囱。更多邻居和亲戚正在门廊上等候，他们跟着索和父亲走了进去。他们站在第一排长椅那儿，别人占据了后面那些长椅。他们面前有个高高的讲坛，讲坛右边有个低矮的平台，上面摆着棺材。棺材和平台上蒙着一块厚重的红布。静候片刻之后，索开始纳闷，为什么没人坐下。他父亲肯定也动了同样的念头，因为他坐了下来，所有人都跟着他坐下了。

牧师身披黑袍，戴着神学博士佩戴的白色饰带衣领，登上讲坛，念了一段祷文，然后宣布唱圣歌。每个人都起立唱歌，然后又坐下。牧师取出一张纸，说："在仪式继续进行之前，我被要求——呃，给你们读一读这个：

> 在生病的最后几个月里，玛丽·索完全无法离开病榻。我想感谢诸位好友和邻居，他们尽最大可能，让她在这几个月里过得愉快一些。他们带来水果和蛋糕等礼物，更宝贵的礼物是他们的陪伴。我想替她告诉他们，她非常感激他们的关心，由于她今天无法亲自道谢，我代为传达她的谢意。

在后面的席位里，有人抽搭着鼻子。索扭头小声跟父亲说："说得真好。"仪式继续进行。说到"尘归尘，土归土"的时候，响起隆隆的响声，棺材沉了下去，蒙在上面的红布也开始下陷。有那么一瞬，下方冒出来的气流把它顶了起来，随后它又落了下去，棺材原先所在的位置露出长方形的凹坑。索心头涌起一股强烈的失落，这股失落紧接着被这样一段回忆给打消了：一名魔术师用手绢变没了一块烤饼。

教堂外面，人们直起肩膀，开始用欢快的语调大声交谈。

"嗯，仪式还不赖，不是吗？"

"很美的仪式，很美。"

"哈啰，哈啰！这儿有个声音，我好久没听到了。你好吗，吉姆？"

"还不错。很美的仪式，不是吗？"

"是啊，很美。我喜欢牧师在中间念的那一段。"

"好邻居是不会被打垮的。"

"是啊，不过她配得上有好邻居。她本人就是个好邻居。"

"在大门那儿等着的那个人是谁？别告诉我是老尼尔·班纳曼。"

"对，就是尼尔·班纳曼。"

"我的天哪，他看起来不中用了。真的不中用了。想想看，老尼尔·班纳曼竟然比玛丽·索命还长。我上次看到他是十年前，在她父亲的葬礼上。"

"听说附近某个地方有，呃，不少吃茶点的地方，是真的吗？"

"对，伙计，查令十字街的大饭店旁边有个茶铺。上我的车吧。"

男亲戚们聚在索基霍尔街一家宾馆的私人房间里，吃着有冷火腿和热菜的下午茶。他们聊着老熟人、足球、本地教堂有自个儿足球队的旧日时光。索安静地坐在他们中间。他们一度提起了萧伯纳，有人让他讲一段萧伯纳的趣事。大家听了，反响不错。后来他和父亲搭某人的车回家。这时雨下大了。他心想，回到家里，坐在卧室炉火旁边跟母亲一起喝茶，该有多么惬意，然后他想起，这已经不可能了。

索先生想把妻子的骨灰撒在俯瞰洛蒙德湖的山坡上，当年他们恋爱时，去那里散过步。一个风和日丽的早晨，他带孩子们乘火车前往洛蒙德湖。索把长方形的松木盒子抱在膝头，盒子里盛着骨灰。

盖子没有铰链或挂钩，索把它打开了一两次，好奇地望着里面软软的灰色物质。像极了烟灰。索先生说："当心，邓肯。"邓肯说："好的，我们不能还没到就把她撒出来。"

他惊讶地看到父亲一脸震惊。他们从一条石头小路往山上爬，小路深陷在欧洲蕨和发芽的树篱之间。又走了一段之后，小路变成了一片绿野上的硬实土路，然后小路从纯由石头砌成的石堤缝隙中穿过，变成了一条石楠丛中的砂石小径，杓鹬在周围啼叫着。小路旁边有一块扁平的岩石，岩石中间有个洞，当年科洪氏族[1]在集合作战时，曾将旗杆插在这里。

"我觉得这地方很不错。"索先生说。

他们坐下休息，俯瞰着湖泊和湖里碧绿的小岛。北面那一排参差不齐的高地山峰看起来既显眼又结实，能经得起指关节的敲打。他们等一对停下看风景的男女走出视野范围，这才打开盒子，把骨灰一把把地扬进风里。骨灰像烟雾一般被风吹散，落入石楠丛中。

---

1 科洪氏族（Colquhoun Clan），历史悠久的苏格兰氏族，可上溯至十世纪。

两星期后,索先生坐在客厅里的书桌旁,说:"邓肯,过来。我想让你看看这个。这是给你母亲办理葬礼的账单。数字挺大的,不是吗?人们还以为,火葬比土葬便宜得多,实际并非如此。费用几乎是一样的。"

索看了看账单,说:"嗯,看起来是有点贵。"

"唔,我不想把同样数目的钱浪费在自己身上,所以我准备把自己的遗体捐献出去,用于科学研究。你把这份文件签了好吗?它用来证明,你作为家属并不反对。"

索签了字。

"好。那等我死后,你通知大学里的医学系教员,他们会带一口铁棺材过来,把我运走。要是你能在二十四小时内通知他们,你和露丝两个就能得到十镑的钱,所以你瞧,这样不光更省钱,还有的赚。"

"我会用这笔钱喝酒,纪念你健康的时候。"索说。

"如果你有理智的话,你会把它用在别的地方。"

大约一年后,索翻抽屉的时候找到母亲写的一封信。是用铅笔写的一封信的草稿,字迹很浅,至于那封信,也许她始终没能腾出时间寄出去。写地址的地方贴着一本廉价妇女杂志的通信页面。

> 我很喜欢你们的读者来信,讲一些孩子犯错的趣事。我不知道你们是否愿意将我的一段经历

刊登出来。我的小儿子六七岁的时候,一天深夜,我带他离开了家,仰望着天上的星星。突然,邓肯说:"拖拉机在哪儿?"之前他父亲一直在教他星星的名字,他把北斗七星[1]的名字给记混了。最近我身体不太好,多数时间只能卧床休息。如今,我从这类回忆里找到了最大的乐趣。

索拿着这封信,站了一会儿。他想起了母亲说的那天晚上。那是他们住在金洛克鲁阿那家安置所期间圣诞节时的事。当时一家人刚去主楼听完音乐会,那个问题是露丝问的。索太太总是喜欢他胜过露丝,无意间把这件事安在了他头上。他把信放回去,关上了抽屉。悲伤牵动了他几乎不曾留意的一个心灵角落,就像小狗拽着主人的衣角,引起主人的注意。

---

1 "北斗七星"原文为"the plough",又有"犁"的意思。

第 20 章　用人单位

高中毕业考试的结果尚未公布，不过差不多所有人都知道自己考得是好是坏了，学校里到处是有关最高薪酬和最低录用标准的热烈讨论。就业官员们来做了几场讲座，讲到了会计、银行和文职部门的工作。一名律师讲到法律，一名工程师讲到工程学，一名医生讲到医学，一名陆军少校讲到军队。一名苏格兰裔加拿大人讲了移民的好处。学生们聚在一起争论着，最好的选择究竟是在学校读完第六年，拿到更多文凭，还是马上离校，去念大学、商学院或技术学院。索先生说："那你打算怎么做？"

"我不知道。"

"你愿意做什么？"

"那无关紧要，不是吗？"

"面对现实吧，邓肯。要是你不能靠你愿意做的事谋生，你就只能接受你能找到的、跟它最接近的事。"

"我想写一部当代《神曲》，配上威廉·布莱克风格的插图。"

"好吧，明智的选择无疑是尝试做一名商业艺术家。"

"那样我得读四年美术学校，你供不起。"

索先生看上去若有所思。他说："当年我在莱尔德制箱厂上班时，跟阿奇·塔洛克关系不错，他是美工部的头头。他们经常招收十六七岁的男孩子。他们给包装盒和纸板箱设计标签，你知道的，还涉及包装纸的图案。这也许不能让你自由不羁的灵魂得到满足，不过也算是一个起点。要是我给阿奇·塔洛克写封信，他会乐意看看你的作品的。"

索向学校请了一下午假，穿着一件刚洗过的大衣，把一文件夹的作品夹在腋下，走进布里格顿区。那家工厂位于河边，他穿过一条条狭窄的街道，一路下行，往那边走去，附近有不少小工厂坐落在廉租公寓和废品堆放场之间。天空灰蒙蒙的，高过大片屋顶的卡斯金山坡看起来又平又黑，就像一堵将城市封锁住的围墙，不过他能分辨出天边那些树木的轮廓。他想起自己很小的时候，母亲说起过这些树。说它们让她想起沙漠里成队的骆驼。乌云压顶，细细的雨丝洒落下来，就像飘落的喷雾。雨丝把街面变得油亮，映照出灰白色的天空，一只海鸥从街道上空掠过，在倒影中看起来就像在街道下方的深处一般。城市似乎高悬在灰蒙蒙的空气中，人们把窗子从底部拉上去，把蕨类盆栽放在窗台上淋淋雨。落雨纾解了索心中的苦闷。他开始感到自信，想象着自己经常走这条路去莱尔德上班。就算变得相当富有，他仍然会很有规律地走过这些街道，住在这边的人都可以用他来对表。他会成为他们生活的一部分。他来到一家工厂跟前，它位于两条街的交叉路口，就像一块巨大的砖。他正了正领带，用手梳理了一下头发，握紧文件夹，推开黄铜、玻璃和雕花红木做的旋转门。

门厅是个空荡荡的地方，有个小门上标有"咨询"字样。他转动门把手，走进一个楔形的房间，里面是电话总机，一位年长的女士站在屋角打磨光亮的黄色木质柜台后面。那位女士说："什么事？"

"我预约过，就是说，有人要见我。塔洛克先生要见我。"

"请问你叫什么名字？"

他腼腆地说："我叫邓肯·索。"

那位女士在一个个按钮中间活动着手指，说："塔洛克先生？有位索先生想要见你。他说他预约过……好的。"

她用手指娴熟地拨弄着更多开关。

"你派一名下属下来，带索先生去等候室好吗？……好的……你在这儿等一会儿好吗，先生？"

"好的，谢谢。"索说，别人叫他先生，他有些担不起。他来到一张矮几旁边，桌面上整齐地摆放着一

排排杂志。他没有勇气弄乱它们,只是看看封面就满足了:

《管理人员》——供现代商人阅读的杂志。
《现代商业》——供管理人员阅读的杂志。
《锭》——桑德霍钢铁集团月刊。
《汽车》——汽车经销商的月刊。

它们有着跟淫秽小说一样又薄又光滑的封面,上面大多是衣着华贵的人坐在办公桌后面的照片。

一个外表利落的小个子漂亮姑娘进了屋,说:"索先生?这边请。"

他跟在姑娘身后,穿过空洞的门厅,爬上一段挺宽的金属楼梯。她带着他快步穿过一道道走廊,走廊用玻璃和奶油色金属材料做了装潢,她垂首笑着,就好像在跟她的胸脯分享一个温柔的秘密,她把他留在一扇标有"等候室"字样的门前。屋里有四个男人,围坐在一张桌子旁边,其中一个说着英格兰中部地区的方言:"是的,但我不明白的是——"

"我们有事,请你见谅。"另一个男人飞快地跟索说。索坐在一把舒适的椅子里,说:"没关系。请继续吧。我只是在这儿等人。"

"那你到外面等好吗?"那个说话很快的男人说,他站起身打开了门。索坐在走廊墙边的一张沙发上,感到自己受了侮辱。他觉得屋里那些人是资本家，正在密谋策划着什么事。工厂的这一层用玻璃屏风分隔成了若干办公室，支撑这些屏风的是金属墙板。玻璃是波纹面的，所以透过玻璃只能看到模糊的人影，这里的阴郁、寒冷和金属质感，令脚步声、嗒嗒的打字声、电话铃声、管理人员的低语声萦回不休。两个戴眼镜的高个男子在角落里停住脚步。

"我想，我最好还是核查一下那个出纳员。"

"不不。完全没必要。"

"可是，如果数字不准确的话——"

"不不。就算他的数字百分之百错了，也误不了我的事。"

索发现塔洛克先生就在自己身边。他是个疲惫、大腹便便的人，他说"邓肯·索是吗？……对……"，然后坐了下来。

"我没有太多时间。把你的东西给我看看。"

索突然感到自己既能干又务实。他打开文件夹说："这是一系列水彩画，这个系列画的是神的作为。大洪水。巴别塔。耶利哥古城的城墙倒在地上。"

"啊。嗯。下一个呢？"

"佩涅罗珀拆散她织的东西。喀耳刻。斯库拉和卡律布狄斯漩涡。最后一幅是最不成功的，因为当时我同时受到布莱克和比亚兹莱的影响，这两种轮廓线——"

"好的。这个呢?"

"洞穴画家。西奈山上的摩西。希腊文明。罗马帝制。山上布道。汪达尔人。大教堂城。约翰·诺克斯向苏格兰女王玛丽布道。工业城市——"

塔洛克先生突然把身体往后一靠,索冲着面前的空气咧嘴一笑,把那些画胡乱塞进空了一半的文件夹里。塔洛克先生正在说:"……每隔五年接收他们,所以你瞧,我们真的没有空缺岗位给你。不过你的作品很有前途。没错。也许应该试试插画工作。你有没有去麦克莱伦出版社试试?"

"去过,可是——"

"哦,是的,哈哈,当然,这个行业现在有些人满为患了……你有没有试过巴思街的印艺公司?去他们那儿试试吧。找格兰特先生,就说是我让你去的……"他们两个都站了起来,"除此以外,你瞧,我爱莫能助。"

"好的,"索说,"非常感谢。"

索露出笑容,他不知道自己的笑容是否流露着苦涩。感觉是很苦涩。塔洛克先生领他走到楼梯口,给了他一个疲惫的笑容和一次意外有力的握手。"再见。我很遗憾。"他说。

索匆匆来到黄褐色的街上,感觉自己遭到了贬低和挫败。他猛然想起,塔洛克先生一次也没有问起自己的父亲。

一星期后，索和父亲见到了怀特希尔学校的校长，一个留着白色髭须的男人，他在办公桌后面亲切地接待了他们。他说："索先生，邓肯有很强的想象力。还有毋庸置疑的才华。还有他看待事物的独到方式，怪可惜的。"他莞尔一笑，"我说怪可惜的，是因为这让你我这样埋头苦干的平庸之辈很难帮助他。你同意吗？"

索先生笑了，他说："哦，好吧，我同意。不过，我们必须尽最大努力。"

"我们必须尽最大努力。现在我觉得，邓肯会很愿意从事某种不用担负太多责任的工作，一份能留给他充裕闲暇时间，能让他自由自在地培养自身才能的工作。我看他可以当图书管理员。他熟悉书本。我看他可以在奥本或威廉堡这样的高地小城，做一名图书管理员。你意下如何呢，索先生？"

"我认为，麦克尤恩先生，这个**主意**很让人满意。不过这**有可能**吗？"

"我觉得有。要进图书馆，需要有两张高等证书和两张低等证书。邓肯的高等美术和高等英语，还有低等历史都拿到手了。数学成绩还没出来。你觉得他考得怎么样？"

索先生说："嗯，邓肯？"

两个坚定而负责的声音郑重其事地反复探讨他的前途时，索听天由命地打起了瞌睡。过了片刻，他才发觉他们在等他开口。他说："我数学没考过。"

"你为什么这么肯定？"

"要想考过，我答的内容得都能得分才行，而我答的内容基本都是乱写的。"

"像你这么聪明的人，学了四年之后，怎么会乱写呢？"

"我想，是因为懒惰吧。"

校长扬起了眉毛。"真的吗？我来问你，如果你父亲愿意让你留校再读一年，你还会继续这样懒惰下去吗？"

索先生说："换句话说，邓肯，如果麦克尤恩先生让你留校再读一年，你愿意把低等数学证书考出来吗？"

在考虑这一安排的时候，笑容浮现在索的脸上。他想忍住，但还是失败了。校长笑吟吟地对索先生说："他想到自己可以无拘无束地看书画画了。不是这样吗，邓肯？"

索说："或许我还可以去读美术学校的夜校。"

校长用手一拍桌子，把身子俯在桌子上。"没错！"他严肃地说，"一年的自由！但不是白得的。代价并不高昂，不过你做好付出代价的准备了吗？你能不能老老实实地向你父亲保证，掌握好三角函数、代数和几何？你能不能保证数学课不旷课，也不会人到心不到？"

索低下头，小声说："能，先生。"

"很好，很好。索先生，我认为你可以相信他的保证。"

第二天，索穿过走廊的时候，遇见了数学老师。她开心地望着他，说："你是怎么搞的，索？"

他莫名其妙。她笑着说："你是不是到处跟人说，你数学考试没通过？"

"是啊，小姐。"

"好吧，正式结果刚刚公布了。你通过了。祝贺你啦。"

索望着她，震惊不已。

同一个星期晚些时候，他走进米切尔图书馆用白色大理石铺就的入口。他以前经常来这儿看布莱克的预言书复本。一个穿黄铜扣外套的胖男人领他上楼。这里的气氛透出学者的冷静和文人雅士的专注，给心灵带来轻松愉悦的感受。在这里工作，或许也还不错。他被领到走廊尽头的一扇门前，走廊铺着方格大理石，天花板是低矮的白色拱顶。屋里铺着厚厚的地毯，大理石壁炉架和床边的办公桌上各摆着一花瓶花。一名矮小的老人在办公桌后面看一份文件。他口齿不清地说："索先生吗？请坐。再稍等片刻，我就能招呼你了。"

索不安地坐了下来。老人右边脸颊上有个洞，大半张脸都朝着那个洞扭曲过去。他的右眼向下歪斜，眼球外突得厉害，他眨眼的时候，眼皮常常无法盖住眼球。他放下文件说："这么说，你想当图书管理员。"

肌肉牵动着他的舌头笨拙地活动着，一滴滴口水不断从舌头上跳到办公桌上。索着迷地看着它们,在恰当的时候或是点头,或是低声回应。

"……要轮班。每个星期,你要上两晚夜班,上午八点半下班,不过作为补偿,有些上午不用上班。还有两天晚上,你要上夜校。"

"学什么?"索费力地说。

"簿记和目录编制。目录编制有好几套体系,每一套都不啻一个世界。每年你要参加一次考试,根据考试成绩获得晋升,五年之内,你就有资格申请一份证书,它能让你有资格在英国境内任何地方担任高级图书管理员。"

"哦。哦,那好。"索有气无力地说。

"是啊,**确实**不错。**相当**不错。不过恐怕你得再过六个星期,才能过来上班。只有馆长才能聘用你,眼下他正在美国访问。不过他六个星期之后就回来了,到那时你就肯定可以开始工作了。"

索离开那栋楼的时候,身上发生了某种变化。就好像他的身体沉重了好几磅,他的心跳开始变得更加沉缓,肺里的空气也变得更加浓稠。他的思绪也变得沉重而含混。在家喝茶的时候,他给父亲讲了面试的情况。索先生发出如释重负的叹息。

"感谢上帝!"他说。

"是啊。是啊,感谢**上帝**。感谢**上帝**。可不是嘛,让我们感谢**上帝**。"

"邓肯，怎么啦？出什么事了？"

"没事。没事。在这样的世界里，事情都安排得无比妥帖。感谢万物的创造者和支撑者。是的！是的！是的！是的！是的！是的！是——"

"打住！你说起话来就像个疯子！要是你不想把事情原原本本地说清楚，就闭上你的嘴吧！"

邓肯闭上了嘴。几分钟之后，索先生用恳求的口吻说："告诉我是怎么回事，邓肯。"

"我想当艺术家。这难道不是发疯？我想完成这么一件艺术作品，别问我具体是什么，我也不知道。可能是某种鸿篇巨制，有现实的多样性和幻想的清晰性，全部用图画来呈现，这些图画有着独具一格的怪异、病态、强烈的色彩，也许是一幅巨型壁画、一本插画书，甚至是一部电影。我不知道它会是**什么**，不过我知道怎样做好完成它的准备。我得读诗、听音乐、学哲学、写作和绘画。我得学习事物和人有何感受、如何形成、如何行事，人体的运作机理是怎样的，它在不同情况下的外观和比例是怎样的。说真的，我得吃掉该死的月亮！"

"邓肯，记住你们校长的话！四年之后，你可能会在某个小乡镇当上图书馆馆长，**然后**你才可以当艺术家。当然，**真正的**艺术家能等得起四年，不是吗？"

"我不知道他能不能。我知道以前没有人做到过。苏格兰人对艺术有种奇怪的观念。他们觉得，你可以利用**闲暇**时间成为艺术家，却没有人指望你在闲暇时间做一个清洁工、工程师、律师或脑外科医生。至于这座地处安静乡间的图书馆，听起来像极了天堂，或银行里的一千镑存款，或门前种满玫瑰的小别墅，或别的什么虚幻的胡萝卜，拿给驴子般的人看，好哄骗他们走进各种肮脏的烂泥里去。"

索先生把胳膊肘支在桌子上，用双手托着脑袋。过了一会儿，他说："邓肯，你想让我怎么做呢？我愿意帮你。我是你父亲，尽管你一直大肆指责我，就好像我是社会制度似的。如果我是百万富翁，我很乐意资助你赋闲在家，培养你的才能，但我是个负责核算成本和奖金的职员，已经五十七岁了，我的职责就是让你自力更生。你告诉我，除了去图书馆还有什么别的选择，我来帮你实现。"

泪水从索一动不动的脸庞上滑落下来。他用刺耳的声调说："我说不出来。没有别的选择。我别无选择，只能配合对我的诅咒。"

"别像演戏似的。"

"我像演戏似的？我只是尽可能简单明了地说出我相信的事。"

他们默不作声地吃完了饭。然后索先生说："邓肯，今晚就去美术学校吧。去上夜校吧。"

"为什么？"

"你去图书馆上班之前，有六个星期的时间。把这段时间用在你最喜欢做的事上吧。"

"我明白了。先品尝一下那种生活，再把它彻底放弃。免了，谢谢。"

"邓肯，去上夜校吧。"

"免了，谢谢。"

那天晚上，他在美术学校的走廊里，跟其他申请人一起排着队，在注册处主任办公室外面等着。轮到他的时候，他走进一个宽敞的房间，往远处另一头的那张办公桌走去，注意到两侧都有绘画和雕像。待他走近，办公桌旁边的那个人抬起了头。他脸盘挺大，戴着眼镜，长了张大嘴巴，嘴角透着笑意。他说话拖着长腔，有很重的英格兰口音。"晚上好。我能为你做点什么？"

索坐下来，把一份填好的申请表放在桌上，推过去。注册处主任看了看，然后说："我看到，你想上写生课，呃，索。你多大了？"

"十七岁。"

"还在上学吗？"

"刚毕业。"

"要上写生课，恐怕你还太年轻了。你得让我们相信，你的习作水平够高，能让你上这门课。"

"我带了一些作品。"

索把文件夹放在办公桌上。注册处主任翻看起来，每幅画他都看得很仔细。他说："裱好的这些是一个系列里的吗？"

"它们是我做的一次演讲的配图。"

注册处主任把一些画放在一边，又看了一遍。他说："你不觉得，你应该来我们这儿上白天的课吗？"

"我父亲负担不起学费。"

"我们可以安排市政当局出一笔助学金，你知道的。你打算做什么工作？"

"去图书馆工作。"

"你喜欢吗？"

"似乎是唯一可行的选择。"

"坦白说，我认为去图书馆工作，是浪费你的才能。这是出色的作品。相当出色。我觉得你**更愿意**来美术学校做一名全日制学生，是吗？"

"是的。"

"你的住址已经写在表格上了，当然……你以前是哪个学校的？"

"怀特希尔高中。"

"你有电话吗？"

"没有。"

"你父亲的工作单位有电话吗？"

"有。加恩加什，9-3-1-3。"

"好的，索，我会再见到你的。如果可以的话，我想留下这幅作品。我想拿给校长看看。"

索关上身后的门。他进这座楼的时候，心情是疲惫的，面试期间也表现得平平淡淡，近乎无精打采。现在他看着外面的走廊，心里有种兴奋的猜测。走廊里摆着一排雪白的石膏像，有文艺复兴时期的贵族和裸女，还有破碎的男女神祇。石膏像中间的一扇门打开了，一小撮面颊红润的姑娘鱼贯而出，一时间，摇摆的裙子和头发、香气、叽喳声、裹在彩色宽松裤里的大腿与甜蜜而陌生的高耸胸脯，把他给包围了。"……木炭画木炭画木炭画，总是木炭画……"

"……你看到他给模特摆姿势的动作了吗？……"

"……小戴维把我吓得不轻……"

他奔下一段楼梯，穿过门厅，来到街上。因为太兴高采烈，他不想再等电车，于是他沿着途经索基霍尔街、大教堂广场和运河河岸的路线往家走去。他仿佛看到了自己在美术学校的样子，自己成了艺术家中备受尊敬的一员：卓越不凡，是姑娘们仰慕和追求的目标。他走进满走廊的迷人姑娘中间，她们沉默下来，盯着他看，以手掩口，窃窃私语。他假装没有注意到，不过如果他的目光落在一个姑娘身上，她的脸就会变得绯红或苍白。他沉浸在自己的美梦里，梦里都是他精心设计的冒险，它们多少都跟艺术沾边，但他最后沉溺在一种极致的幻想中，无法自拔，这段幻想是他所有白日梦的巅峰。有一个由枝形吊灯照亮、铺着大理石的宏伟大厅，大厅尽头有一段宽大的台阶，通向看不到星光的黑暗天空。在大厅的每一侧，站的都是所有他爱过或爱过他的女人、她们爱过和嫁过的男人，每个人都十分邪恶、高尚、聪慧、出名、迷人，他们全都衣着华贵。然后他本人，孤身一人，穿着普普通通的衣服,从大厅的正中穿过,开始不慌不忙地登上台阶,向着台阶顶端的某个巨大而终极的威胁走去。这个威胁高悬在全人类的头顶,但只有他有资格去面对,但一旦面对,就有去无回。在他登上台阶时,响起了悲伤的渐强乐段,它将风琴、独唱、管弦乐融合成一曲挽歌,集合了贝多芬、柏辽兹、瓦格纳和普契尼作品中感人至深的效果。

天黑以后他才回家。索先生说:"你怎么耽搁了这么久?"

"我是走回来的。"

"他们让你进写生班了?"

"我说不准。注册处主任问了我好多问题。他觉得我应该上白天的课。我告诉他,这不可能。他要了你办公室的电话号码。"

索面无表情地说。索先生说:"好吧,好吧。"

他们默不作声地吃着晚餐。

第二天,索先生回家的时间比平时略早一点,还有点气喘吁吁的。他隔着壁炉旁边的地毯,坐在索的对面,说:"他今天上午给我打电话了——我是说,皮尔,那位注册处主任。他问我能不能过去跟他见个面。我正好在跟乔·麦克韦恩说这件事,乔说:'邓肯,你下午休假吧。这里的活儿我自己也能处理好。'于是我马上去找皮尔了。"索先生掏出烟斗和烟草袋,开始装填烟丝。

"你似乎给那个人留下了很深的印象。他说你的作品非同一般。他说，美术学校的管理层**劝说**某个学生入学，这种事难得一见。过去十年里只有过一次。他说校长同意他的意见，你去做图书管理员是种浪费，你可以从市政当局获得一笔助学金，每年一百五十镑。我跟他说：'皮尔先生，我对艺术一窍不通。我欣赏不了我儿子的作品。但我可以担保，他是真诚的，当你为他的才能做担保时，我接受你身为专家的意见。不过请告诉我这么一件事：等他念完你们的四年课程，他有什么样的前途？'嗯，他支支吾吾了一会儿，然后告诉我，像你这样有才能的人，等你获得资格以后，或许会在美术学校从事教学。'不过，'他说，'这孩子去别处会不开心的，索先生。四年之后，让他自己决定要做什么吧。目前来看，还是别让他贸然从事他不喜欢的职业为好。'我说我要考虑一下，明天给他答复。我从美术学校直接去了怀特希尔高中，见了你们的校长。你知道我发现了什么吗？皮尔已经打电话给他，跟他谈过了。麦克尤恩对我说：'索先生，这个人比你和我更有资格决定邓肯的未来。'于是我给美术学校打了电话，说你可以去上学了。"

"谢谢。"索说完，就离开了房间。一分钟后，索先生到前面的卧室找他，只见他跪在床边，把脸埋在床罩上。闷在床罩里的面孔传出抽抽搭搭的声音，他的后背也痉挛般地颤抖着。索先生不解地问："怎么啦，邓肯？你不想去美术学校吗？你不高兴吗？"

"不。我很高兴。"

"那你哭什么？"

索站起身，用手帕把脸擦干。

"我不知道。也许是因为，心里一下子轻松了。"

索先生满怀爱意地用攥紧的拳头拍了拍儿子的下巴颏。"振作点！"他说，"要是你成不了另一个毕加索，我就——我就——我就敲掉你的脑袋，我会的。"

一个炎热的下午，索和库尔特走在一条林中小路上，小路上爬满纵横交错的树根，斑驳的阳光洒落在上面。鸟儿在头顶的树荫里啼叫着。库尔特说起工作的事。"起初，有股新鲜劲儿，还不算太糟。那里跟学校不一样，你能拿到工钱，感觉自己就像个**男人**。你知道的，七点起床穿衣服，在母亲准备早餐时抽早晨的第一支烟，然后下楼上街坐电车，拎着小袋的三明治，穿着工作服，跟其他工人坐在一起，跟一大群人一起进门打卡，然后进车间——'哈啰。''哈啰，又要开始了。''说得对，又他妈开始了。'然后是轰隆轰隆的巨响，还有那种危险的感觉——"

"危险？"索说。

"是有点危险。一旦身边的人开始大吼，就是你快要被什么东西给砸飞了。你还在纳闷，这一次他们是在吼谁，然后他们吼得更响了，你心想：'天哪，万一是我呢？'你转过身来，只见一根十吨重的大梁吊在头顶的起重机上,朝你荡了过来。"

"这太可怕了!就没有预防这类事情发生的规则吗?"

"工棚中间本来应该空出一条小道,不过在麦克哈格斯这样的工厂里,很难做到。"

库尔特哧哧地笑了起来。

"还有一天,发生了一件怪事。有个家伙正在指挥着,把起重机上的大梁放下来。你知道吗,他就站在大梁下方,用手指挥着大梁往下放(那里乱哄哄的,你一句话也听不见)。你知道的——低点,再低点,往左点,好了,放吧。好笑的是,他一直仰着脑袋,看着那个负责操控的人,结果他到最后也没发现,他指挥的那根大梁会落到他自己脚上。他大叫一声,就像女高音唱个最高音一样。大家都在看发生了什么事,不过又过了一会儿才弄明白。他像我们这些人一样站在那儿,只不过他的脚被大梁给压在底下了。他连摔倒都做不到!"

索惊愕地笑了一声,说:"你知道,这很有趣,可是——"

"是啊。嗯,不管怎么说,成为**男人**的感觉大概能让你开心一个星期,到第二个星期一的时候,它就会打击到你。老实说,这种感觉在整个星期天都在不断积累,但直到星期一,它才会真正打击到你:我只能一直这样重复下去,在这个时间起床,穿着这身工作服,坐在这辆电车里,抽着这支烟,排在门口的这支队伍里打卡。'哈啰,又要开始了!''说得对,又他妈开始了!'然后又回到车间里。你意识到,你在这个地方消耗掉的生命,比任何别的地方都多,或许除了床上。这比上学还要糟。上学是强制性的——你只是一个孩子,不用太郑重其事,只要你妈同意写假条,你就可以休息一天。但干工程可不是强制性的,是我自己选的。现在我是男人了。我必须郑重其事,我**必须**摆正态度,埋头苦干。"

库尔特沉默了一会儿。

"告诉你吧,这种感觉不会一直持续下去。你会停止思考。生活会变成一种习惯。你起床、穿衣、吃饭、上班、打卡等等,完全是自动的,脑子里想的只有星期五领到的工钱,还有上个星期六的饮酒作乐。如果你活得像机器人一样,生活就简单了。然后意外发生,让你再次开始**思考**。你知道吗,王室成员上星期来过?"

"知道。"

"嗯,工厂后面有一条铁路,下午三点,那辆皇家列车会从这里经过,于是全厂的人都腾出时间过去围观。于是列车驶来的时候,我们这四五百号人,穿着沾满油污的工作服,在铁路沿线等待着。女王在第一节车厢里,看起来酷毙了,她亲切地挥手致意;中间有好多老男人,比如几位市长大人,他们脖子上戴着链子,全都像疯了似的直挥手;在末尾的一节观景车厢里坐着公爵,他戴着小小的游艇帽。他坐在桌子旁边,桌上有一杯喝的,他冲我们挥了挥手,但更为随意。

我们大家光是站在那儿，阴沉着脸。"

索笑了。"没人挥手吗？我觉得我会挥手的。只是出于礼貌。"

"整个工会的人都在啊。他们会绞死你的。你尽管笑吧，邓肯，不过看到公爵，让我整整消沉了三个星期。我到现在都还没缓过来呢。凭什么他就能坐在舒适的火车里喝一杯，而我……啊！"库尔特嫌恶地说，"简直足以让你抢银行。最近我考虑了很多抢银行的事。只要我有一丁点成功的概率，我就会试试。我可不相信足球彩票。"

索说："你是学徒工嘛。你不会一直待在车间里的。"

"不会。在车间待六个月，在绘图室待六个月，每星期上两晚的技术学院，如果我通过考试，三年之后，我就是合格的机械制图员了。"

"这样说来，还不算太糟嘛。"

"是吗？那你对当图书管理员作何感想？"

他们走过一道厚木板桥，越过一条小河，来到一块一两英亩大的平坦草地上，中间立着一根白色旗杆。情侣们和来吃野餐的人们坐在树林边缘的树荫里，孩子们在附近横冲直撞地玩着随心所欲的球类游戏。在这片绿地的另一侧，有几张长凳俯瞰着远方，上面坐着一两对老夫妇。索和库尔特穿过绿地，到一张长凳那儿坐了下来。他们所在的位置是一片高地的边缘，靠近卡斯金山坡顶部，一段小小的石崖从他们脚下延伸到另一片平地上,那里满是孩子玩耍的吵闹声,四周有树木环绕。地面从那儿开始沉陷,沿着林木繁茂的陡峭梯田,落入山谷底部,那里覆盖着好多屋顶,竖着像针一样的工厂烟囱。东面可以看到克莱德河从农场、农田、矿井、矿渣堆中间蜿蜒流过,然后格拉斯哥遮住了它,一批骸骨般的起重机列队驶向西面,重新标示出了河道的路线。在城市后面,矗立着坎普西丘陵长长的北侧山脊,它光秃秃的,泛着石楠的绿色,冲沟给它添上了一道道褶皱,在这个高度,他们能看到高地上的山峰,就像一排坏掉的牙齿。一切看上去异常清晰,因为这时正值为期两周的展会期间,大型铸造厂都停止了生产,烟雾得以消散殆尽。

"你看到里德里了吗?"索问,"就是颜色发红的那一片?瞧,一侧是我以前上的小学,另一侧是亚历山德拉公园。你家在哪儿?"

"加恩加德地势太低,从这儿看不到。我正在找麦克哈格斯。应该就在埃布罗克斯后面那些起重机旁边。啊,在那儿!在那儿呢!车间的屋顶从廉租公寓上面露了出来。"

"我应该能看到美术学校,它就在索基霍尔街后面的一座小山顶上——似乎整个格拉斯哥都建在山上。我们在市内的时候,为什么没注意到这些山呢?"

"因为大路跟小山都不挨着。大路都是东西向的,小山都在大路中间。"

在石崖脚下的草地上,一个高大健壮、十四岁左右的女孩,双腿分开、双手叉腰地站在两堆夹克中间。她穿着一条蓝裙子,不耐烦地嘟哝着,她的小弟弟们把足球放在她前方某处,准备射门。索赞赏地打量着她。他说:"她很不错。我想把她画下来。"

"裸体吗?"

"怎么样都行。"

"她可不适合画成油画。她可不是凯特·考德威尔。"

"让凯特·考德威尔见鬼去吧。"

他们站起身,继续走着。

"是啊,"库尔特闷闷不乐地说,"你知道自己想要什么,刚好也有贵人相助。"

"纯属意外。"索辩白道,"如果那位图书馆馆长没去美国,我爸没有坚持让我去读夜校,那名注册处主任不是英格兰人,不喜欢我的作品——"

"是啊,不过这是**能**让你遇上的意外。我就遇不上。没有什么意外能让我摆脱工程学,除非是原子弹。我没有什么野心,邓肯。我就像海明威写的故事里的那个人,我并不想变得特殊,我只想要感觉良好。我要从事的这份工作呢,只有我尽量不去感觉,才能忍受得了。"

"再过几个月,你就会待在绘图室,学一些有创造性的东西了。"

"创造性?给机械部件设计包装盒,有什么创造性可言?我的境况还算不错,但只是因为穿着干净的西装好过穿着脏兮兮的工作服。再就是我能赚到更多钱。

但我的**感觉**不会好。"

"也许再过好多年，我才能赚到钱。"

"也许吧。不过你做的是自己想做的事。"

"这倒是。"索说，"我做的是我想做的事。我想"——他转身朝这座城市摆摆手——"我差不多是这里最幸运的人了。"

他们重新走进树林，来到一块空地上，这儿有个铁做的儿童秋千架。索跑过去，跳上木头座位，抓着两侧的铁链，猛地前后荡了起来，画出的弧度越来越大。

"啊——呀——耶——！"他喊道，"我要做我想做的事了，不是吗？"

库尔特倚着一棵树的树干望着索，露出带有一丝讽刺的笑容。

幕间剧

　　索站在上面的那个秋千飞到高处便停住了,把他定格在一个荒唐可笑的姿势上,两只膝盖比甩到后面的脑袋还高。那棵树不再飒飒作响。每根枝条和每片树叶都像照片似的,锁定在一个瞬间里,如老照片那样渐渐褪去了颜色,把整个场景留在单调的棕色里。拉纳克透过病房窗户望着这个画面,若有所思地说:"索并不善于享受快乐。"

　　先知说,他确实不擅长。

　　"但这几乎称得上是快乐的结局。"

　　只要停在欢乐的瞬间,故事就总能有个快乐的结局。当然,实际上唯一的结局就是死亡,但死亡很少会发生在人们的巅峰时刻。所以我们才喜欢悲剧。悲剧展现的是人们带着他们的人生智慧,以积极的态度,迎来配得上他们的结局。

　　"索是以悲剧的方式死去的吗?"

　　不。他笨手笨脚地迎来了结局。他的结局可算不上是什么范本,就连反面范本都够不上。无边无际的明亮空白,只有自私的心灵才会畏惧的那种无尽的澄澈,并没有接纳他。它把他扔回了一节二等铁路车厢里,造就了你。

拉纳克给一片黑麦面包涂上奶酪,说:"我不明白。"

丽玛的脑袋在枕头上波涛般的金发间动来动去。她没有睁开眼睛,喃喃地说:"接着讲故事吧。"